WREST
LERO

PRÉSENTATION DES PERSONNAGES

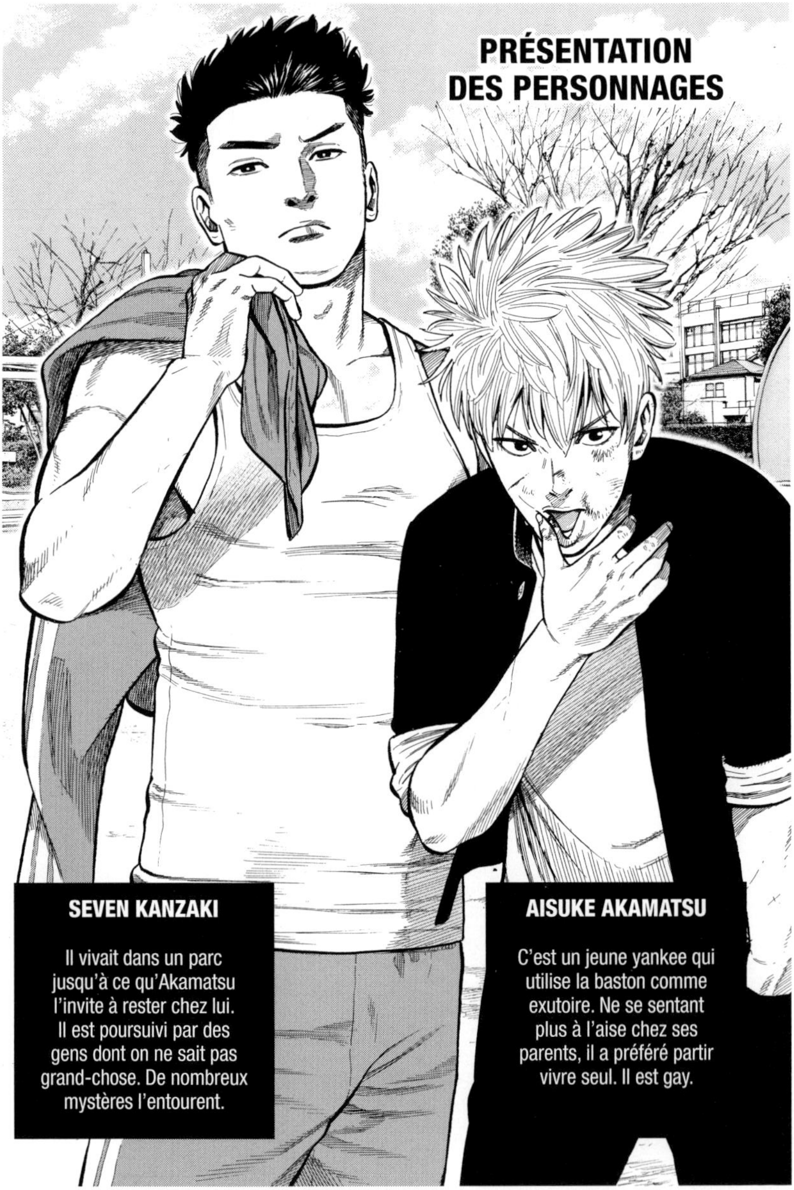

SEVEN KANZAKI

Il vivait dans un parc jusqu'à ce qu'Akamatsu l'invite à rester chez lui. Il est poursuivi par des gens dont on ne sait pas grand-chose. De nombreux mystères l'entourent.

AISUKE AKAMATSU

C'est un jeune yankee qui utilise la baston comme exutoire. Ne se sentant plus à l'aise chez ses parents, il a préféré partir vivre seul. Il est gay.

AKAMATSU [et] SEVEN

les colocs d'enfer !

Presque tous les jours, Akamatsu se bat contre Seven, un mystérieux jeune homme qui vit dans un parc. Mais lorsqu'il apprend que Seven doit partir et que son petit rituel est menacé, Akamatsu invite son grand rival à emménager chez lui. Commence alors une étrange cohabitation ! Un jour, Seven apprend qu'Akamatsu est gay, et que c'est une dispute familiale qui l'a poussé à partir vivre seul. Désireux d'arranger les choses, il encourage son colocataire à retourner chez ses parents pour tenter d'établir un dialogue. Les choses semblent heureusement se calmer avec son père, qui commence à accepter la situation. Mais Akamatsu ne rentre pas vivre chez ses parents pour autant et décide de rester dans son petit appartement avec Seven. Alors qu'Akamatsu prépare des affaires à emporter chez lui avant de repartir, Seven s'approche de lui et… l'embrasse ?!

HISTOIRE **SHOOWA**
DESSIN **Hiromasa OKUJIMA**

AKAMATSU [et] SEVEN
les colocs d'enfer !

AKAMATSU [et] SEVEN 6

les colocs d'enfer !

CLANG
ガチャ…
SALUT !
SALUT !
WOOSH
ギク…
OUPS !
WOOOSH
シャク…
OUPS !

.....
JE VAIS BOSSER...
O.K.
BON COU-RAGE !
居酒屋
成り上がったらワイハにマンション
LE MALAISE...
C'EST UN PEU TENDU DEPUIS CE QUI S'EST PASSÉ...
ENFIN, LA PLUPART DU TEMPS TOUT VA BIEN, MAIS PARFOIS, IL Y A COMME UN LÉGER MALAISE DANS L'AIR...

COMMENT ON EN EST ARRIVÉS LÀ, D'ABORD ?
ET POURQUOI ON EST ENCORE PLUS MAL À L'AISE QUE QUAND JE LUI AI ATTRAPÉ LA QUEUE ?
FSHHH
JE NE LE COMPRENDS VRAIMENT PAS ! QU'EST-CE QUE JE DOIS FAIRE POUR QUE LES TROIS PROCHAINS MOIS S'ÉCOULENT PAISIBLEMENT ?
ON A PASSÉ UN MARCHÉ !
CLANG
FRSH
ENFIN BON, C'EST LOGIQUE QUE ÇA NOUS TRAVAILLE TOUS LES DEUX, QUAND MÊME !
FRSH
D'UN AUTRE CÔTÉ, JE N'AI JAMAIS VRAIMENT RÉUSSI À LE CERNER...
HAWAII
FRSH
ME PRENDRE LA TÊTE AVEC ÇA NE FERA PAS AVANCER LES CHOSES, DE TOUTE FAÇON !
FRSH
FRSH
ON N'A PRATIQUEMENT PAS DE CLIENTS AUJOURD'HUI, MAIS TU BOSSES COMME UN DINGUE, AKAMATSU !
SE CHANGE LES IDÉES.
FRSH
FRSH
DLING DLING
BIENVENUE !
ALOHAAA !
VOUS AVEZ DE LA PLACE POUR DEUX ?
ENTREZ !
Go To HAWAII

AU REVOIR...
OUI, AU REVOIR TOUT LE MONDE !
Le truc...
居酒屋
... c'est que mon frère nous a surpris quand on était en plein dedans !
Ah !
JE SUIS RENTRÉ...
Maintenant, il est trop tard pour lui demander ce que ça signifiait !
AH OUI, IL A COMMENCÉ À TRAVAILLER DE NUIT...

FSHHH
BAH...
C'EST PEUT-ÊTRE PAS PLUS MAL QUE JE NE LE VOIE PAS EN SOIRÉE...

パン屋
PAN!
焼きたて
JE VAIS ENFOURNER LES PAINS À LA PÂTE DE HARICOT ROUGE !
TU PEUX PRENDRE UNE PAUSE, KANZAKI...
D'ACCORD !
ガラ
ROLL
PFFF...
C'EST DUR DE TRAVAILLER SANS JOUR DE CONGÉ...
IL VA POURTANT BIEN FALLOIR QUE JE M'Y HABITUE !
CRSH
ペリ ペリ
CRSH
C'EST LE JOUR OÙ IL DEVRAIT REVENIR AVEC DE LA NOURRITURE, ON VA SE FAIRE PLAISIR !
NOUVEAU PLANNING D'AKAMATSU
Pour alléger le fardeau qui pèse sur les épaules de ma mère et pour lui faire un peu plaisir, j'ai décidé de rentrer chez mes parents les mercredis.

BAM
HMM...
Qu'est-ce qu'il y a au menu ?
Lu 10:53
Akamatsu
Du tofu frit, du saumon et des yakisoba.
10:53
10:53
Il y a du daikon râpé sur le tofu frit ?
Lu 10:54
Akamatsu
Râpe-le toi-même !
10:54

ZZZZ
BNFRGH...
BFRGH...
Je pourrais allumer, comme ça !
Il pourrait au moins porter un masque sur les yeux...
JE VAIS ESSAYER DE NE PAS LE RÉVEILLER JUSQU'À CE QU'IL DOIVE ALLER BOSSER...

GOSTO
PAR ICI, AISUKE !
ÇA FAIT UN BAIL, MEC !
AH !
AH !
OH !
QUOI, VOUS VOUS CONNAISSEZ ?
SACRÉE COÏNCIDENCE, HEIN !
IL M'A FILÉ UN TRUC À BOIRE L'AUTRE JOUR, DEVANT LA SUPÉRETTE...
BEN ÇA ALORS...
JE SUIS LE PREMIER SURPRIS !
ENCORE MERCI POUR L'AUTRE JOUR !
T'INQUIÈTE !

JE NE SAVAIS PAS QUE TU LE CONNAISSAIS, HAMACHI !
OUAIS...
ON N'EST PAS DANS LE MÊME BAHUT, MAIS C'EST LE CADET D'UN POTE...
AH BON...
JE REFAIS LES PRÉSENTATIONS AU CAS OÙ ! CE TYPE S'APPELLE EIGHT ET BOSSE DANS LE COMMERCE D'ANIMAUX...
ÇA FAISAIT UN BAIL AUSSI, IKU...
COMMENT ÇA VA, MEC ?
MOI, C'EST AKAMATSU !
LE MONDE EST PETIT, HEIN, AKAMATSU ?
ENCHANTÉ !
Tu peux m'appeler Eight !
HAMACHI VOUDRAIT ACHETER UN ANIMAL DE COMPAGNIE, C'EST UN AMI COMMUN QUI NOUS A PRÉSENTÉS !
UN PHALANGER VOLANT !
QUEL ANIMAL TU VOUDRAIS ?
ÇA NE TE VA PAS TROP !

TU DEVRAIS PASSER À LA BOUTIQUE UN DE CES QUATRE, AKAMATSU ! ET PUIS ON POURRAIT TRAÎNER ENSEMBLE...
TU ME PASSES TON QR CODE ?
PAS DE SOUCI !
TULULULUT...
21 : 40
Alarme
TULULULUT...

MINCE, J'ÉTAIS SUR LE POINT DE ME RENDORMIR...
JE ME SENS TOUT EN-GOURDI...
AKAMATSU N'EST PAS LÀ ?
ON DIRAIT QU'IL EST REPASSÉ PAR ICI AVANT DE PARTIR...

AU FAIT...
ÇA FAIT UN MOMENT QUE JE N'AI PAS VU SA TÊTE DE NEUNEU, QUAND IL DORT...
ET ON N'A PLUS MANGÉ ENSEMBLE DEPUIS LONG-TEMPS...
IL A DE BONNES MANIÈRES...
AUSSI SURPRE-NANT QUE ÇA PUISSE PARAÎTRE !
Arrêt de-mandé !

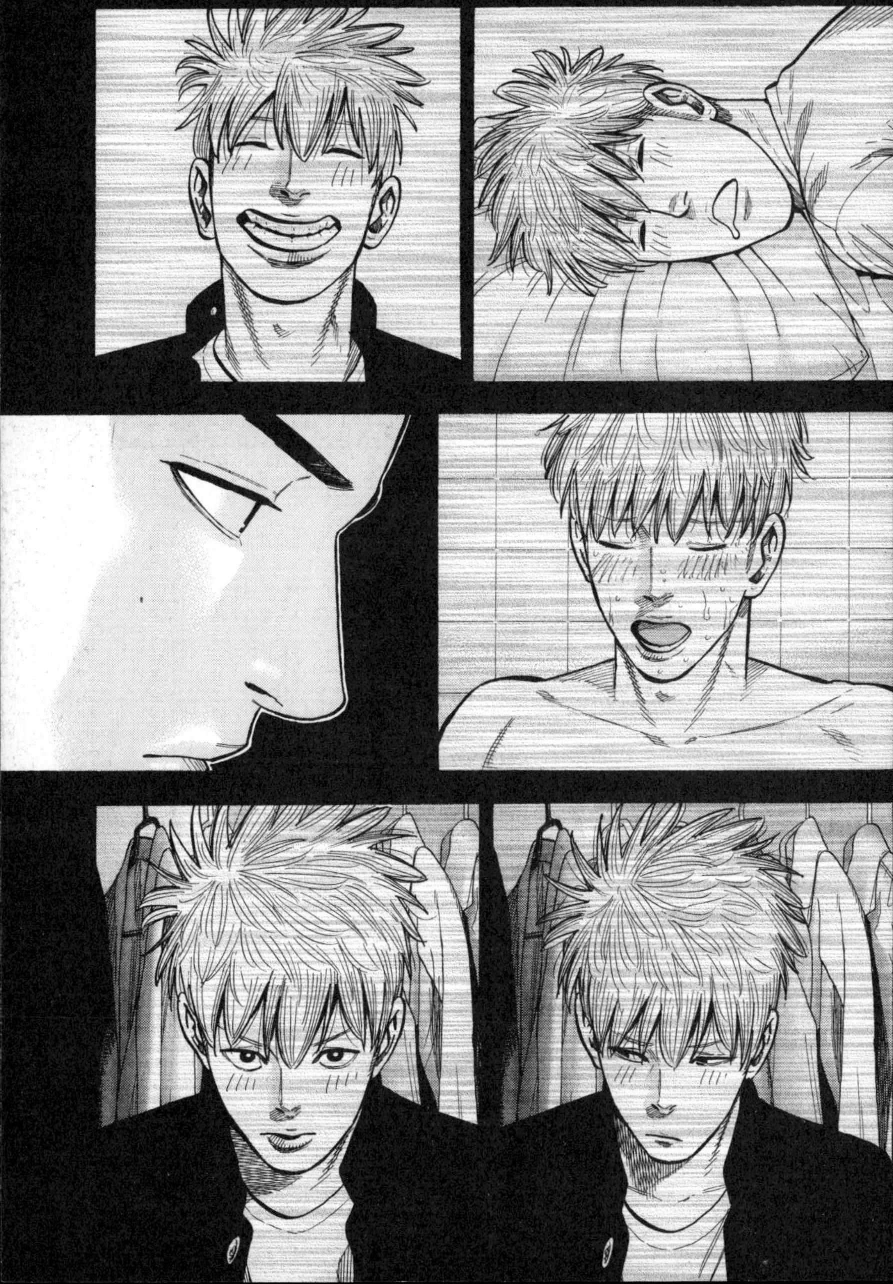

DING DONG
SALUT, AISUKE !
T'AS REGARDÉ L'ÉMISSION « DEATH À L'AUTRE BOUT DU MONDE », HIER ?
NAN, JE SUIS SORTI MANGER...
DOMMAGE, T'AS LOUPÉ UN DE CES TRUCS !

C'était la soirée « tour du monde », ma parole...
HIER, J'AI CHANTÉ « JE SUIS LE PLUS SEXY DU MONDE » POUR MA COPINE AU KARAOKÉ, JE CROIS QUE JE LUI AI FAIT PEUR...
CETTE HORRIBLE CHANSON ? TU M'ÉTONNES...
T'AURAIS CHANTÉ QUOI, TOI, ALORS ?
C'était moins une...
Hier soir, je me suis endormi enroulé dans son futon...
À PLUS !
Heureusement, avec ses nouveaux horaires, je suis parti avant qu'il ne rentre...
S'IL M'AVAIT VU...
... ÇA L'AURAIT SÛREMENT FAIT FLIPPER !
CLANG
ASSEYEZ-VOUS, JE VAIS PRENDRE LES PRÉSENCES !
À MON AVIS, ON RISQUE DE NE PRATIQUEMENT PLUS SE CROISER...
PRÉSEEENT...
AVANT QU'IL N'EMMÉNAGE, J'AI VÉCU TOUT SEUL PENDANT UN MOIS. ME VOILÀ DE RETOUR À MON ANCIEN QUOTIDIEN...
AKAMATSU...
KATÔ...
PRÉSENT...

EN PLUS, JE PEUX DE NOUVEAU FAIRE CE QUE JE VEUX LA NUIT !
IL FAUT QUE J'ARRÊTE DE ME PRENDRE LA TÊTE...
SALUT !
OH, TU ES RÉVEILLÉ ?
JE VAIS SEULEMENT DORMIR...

BON, BEN JE FAIS MA LESSIVE EN VITESSE ET JE SORS, ALORS...
NE PARS PAS, RESTE !
COMME ÇA, TU ME RÉVEILLERAS !
JUSTE POUR ÇA ?!
S'TE PLAÎT ! TU POURRAS LAISSER LA LUMIÈRE ET FAIRE TOUT CE QUE TU VOUDRAS !
DÉSOLÉ, MAIS... JE SENS QUE JE VAIS VRAIMENT GALÉRER À ME RÉVEILLER, CE SOIR...
C'EST BON, FAIS PAS TA CHOCHOTTE, JE RESTE. T'INQUIÈTE, JE TE RÉVEILLERAI AVEC UNE PRISE SPÉCIALE ROMERO !
MERCI ! QUAND T'ENTENDRAS MON ALARME SONNER, CE SERA LE SIGNAL...
ZZZZ...
C'EST TOUT CE QU'IL TROUVE À ME DIRE, APRÈS TOUT CE TEMPS SANS S'ÉCHANGER UN SEUL MOT ?

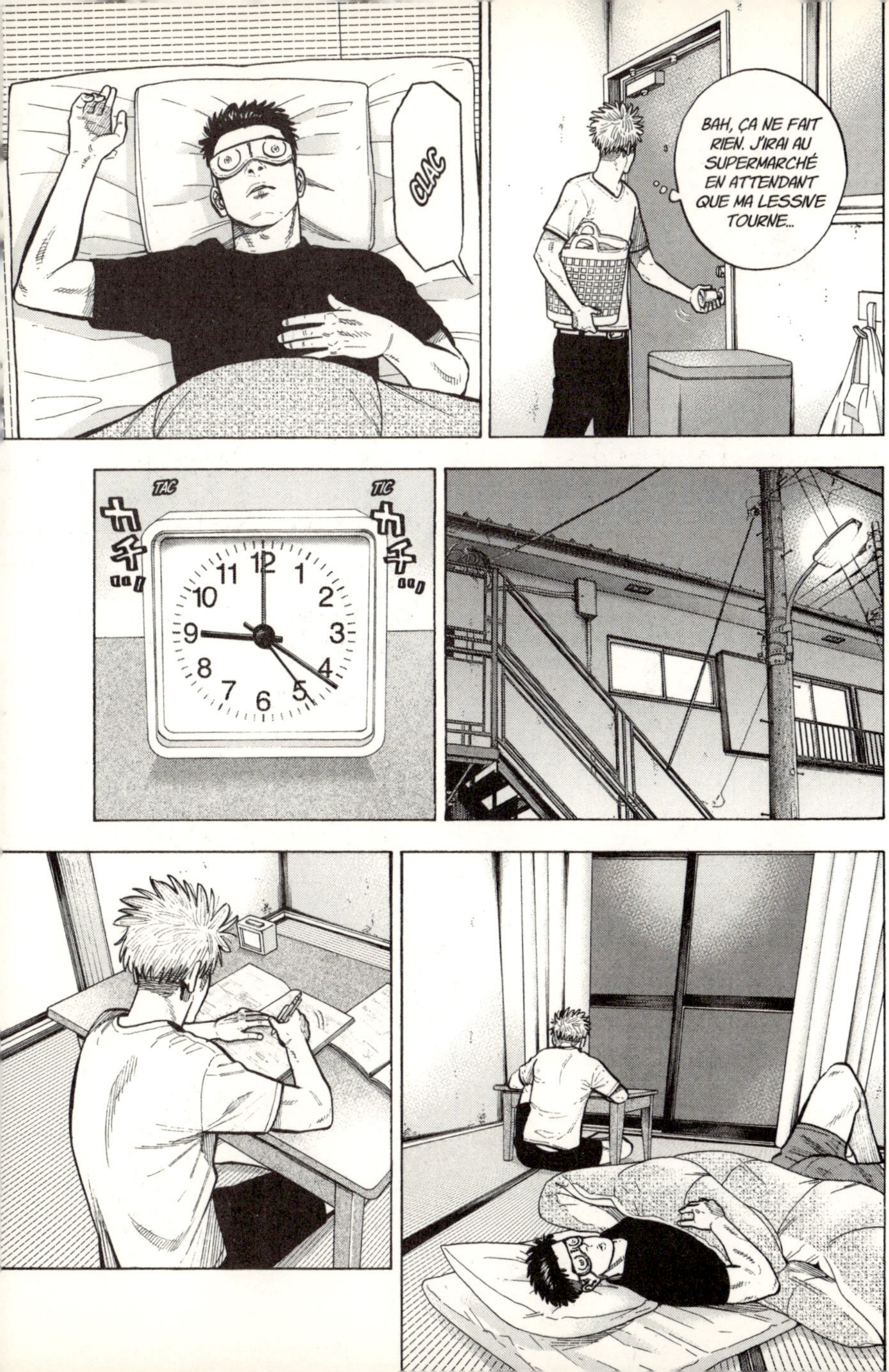
BAH, ÇA NE FAIT RIEN. J'IRAI AU SUPERMARCHÉ EN ATTENDANT QUE MA LESSIVE TOURNE...
CLAC
TIC
カチッ
TAC
カチッ

J'EN AI MARRE !
MM-MN-GH...
JE VAIS GLANDER UN PEU...
Death à l'autre bout du monde !
Comment faire pour tomber amoureux d'un morse ?!
Pour se battre à mains nues contre un ours polaire…
SCRUTE
ROLL
C'EST MARRANT, IL RONFLAIT HYPER FORT JUSQU'À IL Y A PEU, ET LÀ, PLUS UN SEUL BRUIT...
ZZZZ
ZZZZ

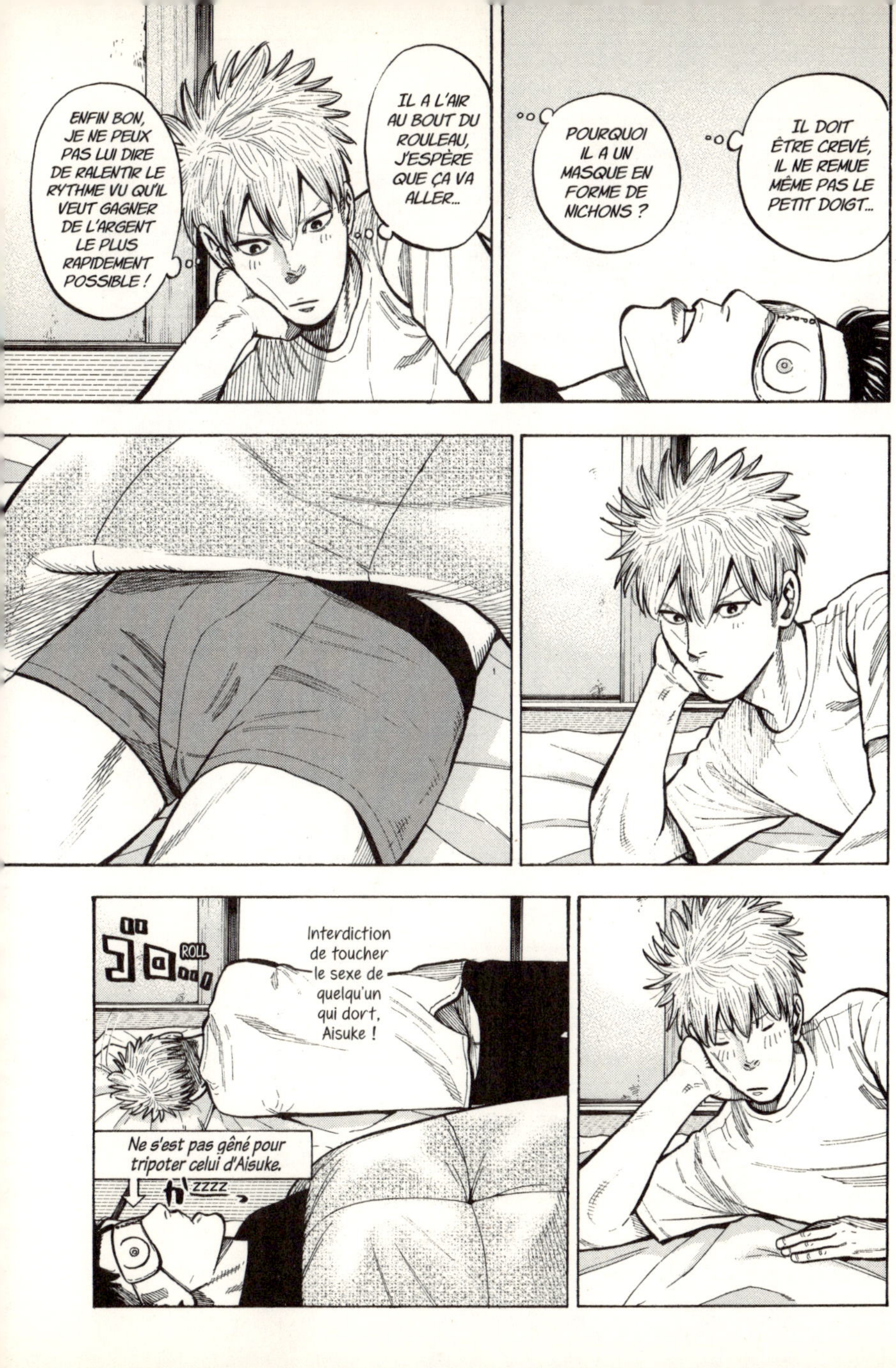

IL DOIT ÊTRE CREVÉ, IL NE REMUE MÊME PAS LE PETIT DOIGT...
POURQUOI IL A UN MASQUE EN FORME DE NICHONS ?
IL A L'AIR AU BOUT DU ROULEAU, J'ESPÈRE QUE ÇA VA ALLER...
ENFIN BON, JE NE PEUX PAS LUI DIRE DE RALENTIR LE RYTHME VU QU'IL VEUT GAGNER DE L'ARGENT LE PLUS RAPIDEMENT POSSIBLE !
Interdiction de toucher le sexe de quelqu'un qui dort, Aisuke !
ROLL
Ne s'est pas gêné pour tripoter celui d'Aisuke.
ZZZZ

TULULULUT...
TULULULUT...
TULULULUT...
IL EST L'HEURE, KANZAKI !
TULULULUT...
HÉ HOOO ! DEBOUT LÀ-DEDANS...
NNNGH...
IL N'Y A PAS DE « NNNGH » QUI TIENNE ! RÉVEILLE-TOI, TRONCHE DE CAKE !!
OUAAAH !
ÇA... CAMEL CLUTCH !
SI TU NE TE LÈVES PAS TOUT DE SUITE, JE DÉGAGE TON PETIT BOXER ROSE ET JE TE SUCE LA QUEUE, C'EST CLAIR ?!
DOOOM
C'ÉTAIT PAS LA PRISE SPÉCIALE DE ROMERO, ÇA...
T'AURAIS PRÉFÉRÉ ? J'AVAIS LA FLEMME DE TE PORTER...
NON, TU POUVAIS FAIRE CE QUE TU VOULAIS... MERCI !
C'est malin, je viens de me réveiller et j'ai déjà mal aux hanches...

TU NE MANGES PAS ?
NON, JE GRIGNOTERAI UN TRUC AU BOULOT !
AH BON...
PAF !
ALLEZ, J'Y VAIS !
POF
PAF
PAF
PAF
PAF
HÉ !
PAF
T'ES JAMAIS LÀ...
DU COUP, J'AI DE L'ÉNERGIE QUI S'ACCUMULE !
JE N'Y PEUX RIEN...
POF
POF

AAH...
TU ES TRISTE, C'EST ÇA, HEIN ?
TRISTE ?
QUI ÇA, MOI ?
ÇA ME PARAÎT ÉVIDENT QUE JE SUIS TRISTE, ESPÈCE DE DÉGÉNÉRÉ !
ON SE VOYAIT TOUS LES JOURS ET PUIS D'UN COUP, TU BOSSES LA NUIT, ON NE SE PARLE PLUS, ET ON NE SE BAT PLUS NON PLUS !
ALORS OUAIS, JE SUIS CARRÉ-MENT TRISTE !!!

MAIS JE SAIS QUE C'EST UNE PÉRIODE DIFFICILE, POUR TOI !
VA BOSSER ...
ALORS BON COURAGE !!
GRAB
!!

T'ES CON OU QUOI ?
OUI, TU L'ES PROBABLEMENT...
C'EST QUOI TON PROBLÈME ?
BON, TU ME RÉP...

POF
ポン

HEIN ?
GLAC
HEIIIIIIN ??
QUOI...?
HEIIIIIIIIIIIIN ?!
JE VAIS DEMANDER POUR NE PLUS FAIRE QUE TROIS NUITS PAR SEMAINE !

AKAMATSU (et) SEVEN 6

les colocs d'enfer !

ON A VENDU TOUS LES OUISTITIS ARRIVÉS LE 10...
LES FORESTIERS DEVRAIENT POUVOIR NOUS RÉAPPROVISIONNER AVEC LA LIVRAISON DU 20, JE VAIS PRÉVENIR L'EXPÉDITEUR !
ON A REÇU TOUTE NOTRE MARCHANDISE ET LES FACTURES SONT CLEAN, MONSIEUR HAKO !
POUR LE MOMENT PEUT-ÊTRE, OUI. MAIS CERTAINS ESSAYERONT SÛREMENT DE SE SERVIR DANS LE STOCK...
... ALORS PRÉVIENS LES GARS !

JE VOUS AI DÉJÀ PRÉVENUS, UN PAS DE TRAVERS ET VOUS FINIREZ LE COU TORDU DANS LA RIVIÈRE, C'EST CLAIR ?
AU FAIT, J'AI VU QUE L'AUTRE PARTIE AVAIT CHANGÉ SES MEMBRES... QUI EN SERA ?
OUI, IL Y AURA UN NOUVEL EMPLOYÉ, IL FAUDRA RESTER SUR NOS GARDES !
ET PUIS...
QUI VA S'Y COLLER ? HATA ?
TAKANAMI. JE L'AI VU DANS UN RESTO DE RÂMEN, HIER.
ET PAS HATA ?
NON...
AH BON...
IL A COMMENCÉ À BOSSER À LA DOUANE EN AVRIL...
... IL A UTILISÉ NOTRE SAVOIR-FAIRE POUR SE CRÉER RAPIDEMENT UN BON RÉSEAU DE CONNEXIONS !
TAC
カタ
TAC
カタ

HÉ, LE P'TIT JEUNE !
OUI ?
TU VEUX QUE JE DEMANDE À TOMIE DE TE RÉEXPLIQUER COMMENT REPLIER DES VÊTEMENTS CORRECTEMENT ?
OUIII...
UN ADULTE DEVRAIT POUVOIR EN GOBER DE CETTE TAILLE ASSEZ FACILEMENT...
JE NE SAIS PAS COMMENT TU FAIS POUR LES TOUCHER COMME ÇA, EIGHT !
CE SONT JUSTE D'ÉNORMES CLOPORTES !
NON, CE SONT DES CAFARDS...
FRSH
FRSH
EIGHT !
TU RENDS SOUVENT VISITE À TAKANAMI CES TEMPS-CI, PAS VRAI ?
TU N'AURAIS RIEN ENTENDU, PAR HASARD ?
JE NE LUI RENDS PAS VISITE, IL M'A JUSTE DEMANDÉ DE M'OCCUPER DE L'ANIMALERIE...
ET JE N'AI RIEN ENTENDU DE PARTICULIER, NON !

PRÉVIENS-NOUS TOUT DE SUITE S'IL FAIT QUOI QUE CE SOIT DE BIZARRE...
TU AS APPRIS QUELQUE CHOSE À PROPOS DE SEVEN ?
OUAIS...
RIEN DU TOUT...
ET TOI, ALORS, HAKO ? TU AS L'AIR DE SAVOIR QUELQUE CHOSE...
CROIS-MOI, SI JE SAVAIS QUELQUE CHOSE, LE P'TIT JEUNE ET B. NE SE DONNERAIENT PAS AUTANT DE MAL !
HAHA ! OUAIS, C'EST VRAI...
SUR CE, JE FILE À LA BOUTIQUE DE REPTILES, MOI !
ÇA MARCHE ...

TU NE VOUDRAIS PAS ALLER VOIR NAKAGAWA, CE SOIR ?
QUI, MOI ?
JE SAIS QUE JE N'EN AI PAS L'AIR MAIS J'AI DÉJÀ 24 ANS ! JE NE SUIS PLUS AUSSI ÉNERGIQUE QU'AVANT...
IL T'A DEMANDÉ.
S'IL TE PLAÎT !
FRANCHEMENT...
FSHH
MONSIEUR A SES PRÉFÉRENCES... JE NE SUIS PAS DANS SA TRANCHE D'ÂGE HABITUELLE, POURTANT !
FRSH
FRSH
RETROUVE-LE À 21 HEURES À L'HÔTEL SHINJUKU.
O.K., ÇA MARCHE !

POF
POF
Qu'est-ce qu'il y a ?
MONSIEUR TAKANAMI…
EST-CE QUE VOUS AVEZ DES CONNEXIONS AVEC TADAYOSHI NAKAGAWA, LE DIRECTEUR DU BUREAU NATIONAL DES IMPÔTS ?
Moi, pas du tout. En revanche, Takasu, je ne sais pas…
JE PEUX M'EN DÉBARRASSER, ALORS ?
Comme tu veux…
ENTENDU !
Il me faudrait un jeune mâle à céder à G.S., c'est
C'est
certain
certaine
abc
def
ghi
jkl
mno
pqrs
ABC
tuv
VRRR
Akamatsu
Hamachi m'a envoyé des photos de son phalanger volant ! Il est trop mignon ! Lui, en revanche, il fait flipper…
Akamatsu
Akamatsu a envoyé une photo

Hamachi fait une de ces têtes ! Lol
C'est encore un bébé, il doit être très stressé.
Essayez de le laisser un peu tranquille cet après-midi. Je suis sûr qu'il sera élevé avec amour, ça me fait plaisir !
Quelque chose pour ce soir ?
70 000, ça vous irait ?
19 ans, 170.54
Je suis sûr qu'il sera élevé avec amour, ça me fait plaisir !
赤松
Il est si petit, moi j'aurais peur de marcher dessus !
Il est si petit, moi j'aurais peur de marcher dessus !
Il ne faut surtout pas l'écraser, il mourrait tout de suite ! Loool
Prenez bien soin de lui !
19 ans, 170.54
Deal ok ?
C'est un punk.
Deal ok.
Deal ok.
16:21
Merci !
16:22

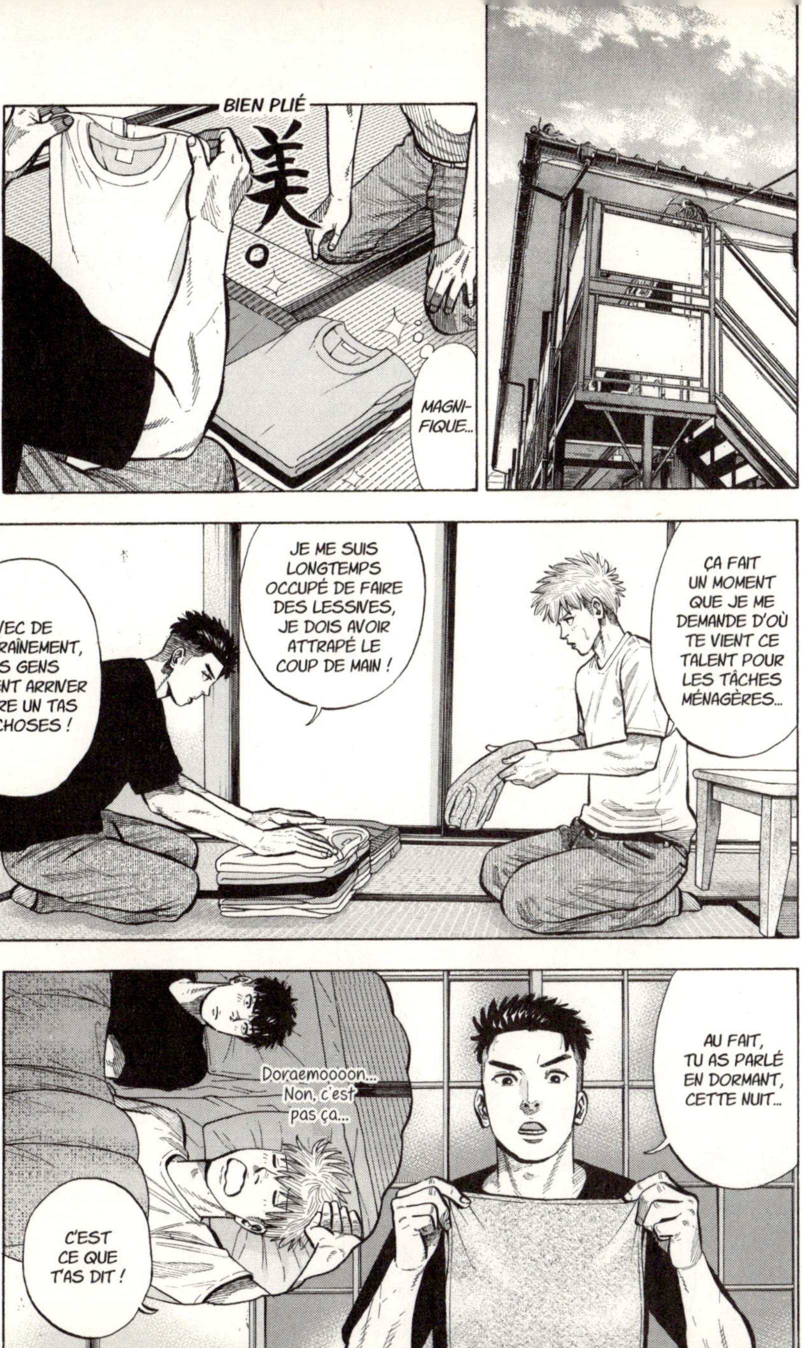
BIEN PLIÉ
美。
MAGNIFIQUE...
ÇA FAIT UN MOMENT QUE JE ME DEMANDE D'OÙ TE VIENT CE TALENT POUR LES TÂCHES MÉNAGÈRES...
JE ME SUIS LONGTEMPS OCCUPÉ DE FAIRE DES LESSIVES, JE DOIS AVOIR ATTRAPÉ LE COUP DE MAIN !
AVEC DE L'ENTRAÎNEMENT, LES GENS PEUVENT ARRIVER À FAIRE UN TAS DE CHOSES !
AU FAIT, TU AS PARLÉ EN DORMANT, CETTE NUIT...
Doraemoooon... Non, c'est pas ça...
C'EST CE QUE T'AS DIT !

IL AVAIT SORTI LE MAUVAIS GADGET DE SA POCHE ? ÇA M'INTRIGUE, MAINTENANT...
J'AI DIT ÇA ?!
J'EN SAIS RIEN !!
C'EST BON, J'AI FINI.
ON VA FAIRE LES COURSES ?
OUAIS...
CRÉE UNE NOTE SUR TON PORTABLE...
VAS-Y...
DES CHAMPIGNONS, DES ŒUFS, DES TOMATES, DU LAIT, DES OIGNONS...
DU DENTIFRICE...
U.W.F.
AISUKE !
U.W.F.
入居者
BONJOUR !
OH ! JE VOIS QUE VOUS TENEZ BON ?
QU'EST-CE QUE TU VEUX, TONTON ?

TU NE TE SERAIS PAS ENTRAÎNÉ POUR LE FESTIVAL YOSAKOI IL Y A DEUX OU TROIS NUITS, PAR HASARD ?
HEIN ?
LES VOISINS M'ONT DIT QU'ILS T'ONT ENTENDU CRIER « HAA » « HAAAA » « HAAAN » TRÈS FORT !
QUOI ?
AAAAAH !
OUAIS, PARDON !
AAAH !
VRAI-MENT DÉSO-LÉ !
JE FERAI PLUS ATTEN-TION LA PRO-CHAINE FOIS !!
U.W.
QU'EST-CE QUE TU FABRIQUAIS ?
TU T'ENTRAÎNES POUR UN FESTIVAL SPORTIF ?
LA FAUTE À QUI, D'APRÈS TOI, HEIN ?!
GRRR
U.W.F.
TOUTES MES EX-CUSES, JE FERAI PLUS ATTENTION !
HÉ !
C'EST BIEN D'AVOIR DE L'ÉNERGIE QUAND ON EST JEUNE ! MAIS ALLEZ-Y MOLLO QUAND MÊME...
U.W.F

Ce jour-là, après le départ de Seven, Aisuke était si perturbé...
AAAH ? HEIIIN ?
HAAA ?!
HEIIIN ?
HAAAN ?!
HEEEIN ?
HAAAA ?!
HA ?!
... qu'il n'a pas arrêté de crier.
HAAAAA ?!
YAHAAAAAA !!!
Fin du souvenir.
Je n'ai jamais été aussi tactile, même avec mes amis les plus proches !
SALUT...
Ça fait du bien de traînasser un peu...
Bof, il a l'air comme d'habitude...
JE COMMENCE À M'HABITUER À SON COMPORTEMENT CHELOU, MAIS QUAND MÊME...
... C'EST UN PEU GÊNANT, PARFOIS !
LÀ, ON A DÉPASSÉ ...
... LE STADE OÙ ON EST JUSTE « TACTILES »...

ON PEUT PRENDRE DES CHIPS ?
OUAIS...
Au sel, ça te va ?
BIENVENUE !
EST-CE QU'IL A L'INTENTION D'ALLER PLUS LOIN ?
BIP
98 YENS...
BIP
199 YENS...
OU BIEN C'EST MOI QUI...
BIP
793 YENS...
0.02
298 YENS...
ARGENT POUR LES COURSES
U.W.F.

198 YENS POUR LES TOMATES...
165 YENS POUR LE LAIT...
Hein ? Mais c'était pas sur la liste, ça ?!
Pourquoi je devrais payer avec l'argent pour les courses quotidiennes ? Et puis avec qui il va les utiliser ?!
J'ai jamais payé aussi cher pour des courses de toute ma vie !!
衣料洗剤
住居洗剤
ÇA FERA 2431 YENS AU TOTAL.
OUH LÀ
AH ! EUH...
Allez, dis quelque chose !
TIENS, PRENDS LES ŒUFS...

Je devrais lui faire une remarque, moi, alors !
AUJOURD'HUI, ON A EU UN GAMIN À LA BOULANGERIE...
U.W.F.
JE... J'AI DES SUEURS FROIDES...
IL... IL A PEUT-ÊTRE ACHETÉ ÇA SANS PRÉVOIR DE S'EN SERVIR...
TU AS TROP CHAUD ?
PLIC
NON...
C'EST JUSTE UNE BOÎTE DE CAPOTES...
ON PASSE PAR LE PARC ?
C'est... un rancard ?!
EUH, D'ACCORD...
ÇA FAIT UN MOMENT QU'ON NE S'EST PAS FRITÉS !
AH, C'ÉTAIT POUR ÇA !
CARRÉMENT, J'EN AI BIEN ENVIE !
C'est ça, Aisuke ! Si tu te dépenses bien, tu arrêteras de te prendre la tête pour ces conneries !
De toute façon, je...

DOOOM
JE PENSAIS QU'IL N'Y AURAIT PERSONNE...
ALLONS PLUTÔT AU MÊME PARC QUE D'HABITUDE...
......
HÉ, LES MECS !
BEN ALLEZ-Y, N'AYEZ PAS PEUR DE PASSER !
SANS FAÇON !
COMMENT ÇA, SANS FAÇON ?!
J'AIME PAS TROP COMMENT TU NOUS PARLES, TOI...
AKAMATSU !
HEIN ?

T'AS DU CRAN, MON VIEUX !
C'EST VOUS QUI NOUS PRENEZ DE HAUT ! ON VOUS A DIT QU'ON PRÉFÉRAIT FAIRE DEMI-TOUR, JE NE VOIS PAS OÙ EST LE PROBLÈME...
HEIN ?
HÉ, TOI ! LE GARS AVEC LE SAC !
TA TRONCHE ME DIT QUELQUE CHOSE...
ET CELUI-CI A L'AIR D'UN PETIT ARROGANT !
AP-PROCHE UN PEU !
MINCE, JE NE LUI AI PAS ENCORE APPRIS À GÉRER UNE ATTAQUE AU COUTEAU !
SBOF

JE VAIS TE CREVER !
DASH
!!
CRSH
U.W.E.

793 yens (hors taxes)
C'EST PAS RÉGLO, LES COUTEAUX !
QU'EST-CE QU'IL A UTILISÉ, CE MEC ?
FRSH
AUCUNE IDÉE...
C'EST QUOI, ÇA ?
0,02 D'ÉPAISSEUR, C'EST DE LA DAUBE !
ÇA A TOUJOURS FONCTIONNÉ POUR MOI !
ARGH !
WHAM
BAM

ENFOIRÉS !
HAAA AAA !
YAHAAAAA !!
URGH !
SBOF
HAAA !
BOM
ON SE BAT À UN CONTRE UN, QUAND ON EST RÉGLO !!

NE ME SOUS-ESTIME PAS, GAMIN !
WOOSH
ENFLURE !
PAF
RAAAH ! TU COMMENCES À ME LES BRISER !!
!!
ARGH !
WHAM

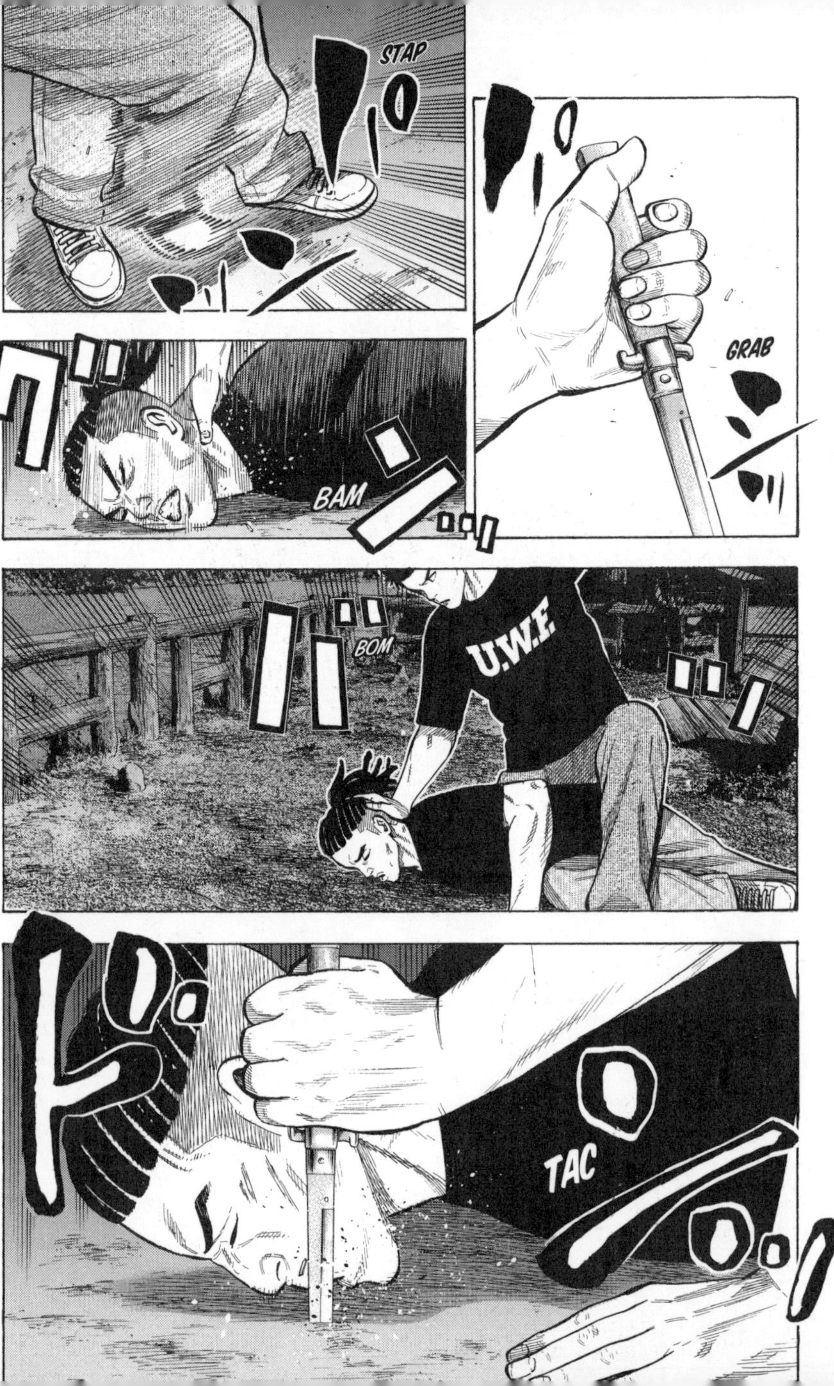

STAP
GRAB
BAM
BOM
TAC

ÇA ME REVIENT...
U.W.F.
TU FAIS PARTIE DE LA BANDE DE TAKASU...
MAINTENANT, ON VA PARTIR SANS SE RETOURNER...
VOUS POUVEZ ME PROMETTRE DE NE PAS ESSAYER DE NOUS SUIVRE ?

OU... OUAIS...
CLANG
PAAAH
C'ÉTAIT TROP MARRANT !
JE ME SENS MIEUX !!
HEUREUSE-MENT QU'IL EST TARÉ...
AH !
PFF...
IL A L'AIR GRAVE TRISTE...
793 yens... hors taxes...

PSHT
PSHT
AÏE !
ON DEVRAIT ACHETER DES PANSEMENTS.
TOI AUSSI TU ES BLESSÉ...
PASSE-MOI ÇA !
GRAB
ÇA FAISAIT UN BAIL QUE JE NE M'ÉTAIS PLUS BATTU CONTRE QUELQU'UN D'AUTRE QUE TOI !
ÇA FAIT DU BIEN DE BOUSCULER UN PEU SES HABITUDES !
EN PLUS, J'AI L'IMPRESSION DE M'ÊTRE AMÉLIORÉ !
C'est grâce à toi, Seven.
Ça me fait mal de l'admettre, mais c'est comme ça !

EN TOUT CAS, T'AS VRAIMENT GÉRÉ EN PROTÉ-GEANT LES ŒUFS !
ÇA VAUT UN MILLION DE POINTS !
HÉHÉ !
HOP, DANS LE SAC !
FRSH
IL N'EN RESTE PAS D'UTILISABLE ?
Elles sont toutes trouées ?
CLAC
POUR-QUOI T'AS ACHETÉ ÇA ?
AH...
PAR SIMPLE CURIOSITÉ, HEIN...

J'AI PENSÉ QU'IL VALAIT MIEUX EN AVOIR...
... AU CAS OÙ...
AU CAS OÙ ?
AH !

MINCE !
U.W.F.
U.W.F.
GRAB
グイ…
ÇA Y EST...

.....
HÉ...
HÉ, MON VIEUX...
.....
C'EST... UN PEU TROP SOUDAIN...
ET AVEC TOI...
... C'EST TOUJOURS COMME ÇA...
HONNÊTEMENT, ÇA M'EMBÊTE...
AH OUI ?
TU TROUVES ÇA TROP SOUDAIN ?
CARRÉMENT...
TU AS POURTANT POSÉ LA QUESTION...

TU AS L'AIR ENCORE TRÈS HÉSITANT...
U.W.F.
U.W.F.
TU VEUX QUE J'Y AILLE PLUS EN DOUCEUR JUSQU'À CE QUE TU ME DONNES TA RÉPONSE ?

U.W.F.

OUVRE LA BOUCHE...
OUVRE...

N'ARRÊTE PAS DE RESPIRER...
NH...
NH !
HAN !
HAN !
HAN !

UUH...
HAN !
HAA...
HAN !
HAN !

AKAMATSU (et) SEVEN 8
les colocs d'enfer !
ZERO

SI TU NE DIS RIEN, JE VAIS FINIR PAR CROIRE QUE TU ES D'ACCORD...
GRAB
OH !
ATT...
FRSH
FRSH
AT-TENDS...

SMACK
NH...
ÇA ME FAIT DÉJÀ DE L'EFFET...
MAIS JE N'Y PEUX RIEN...
C'EST NORMAL, VU LA FAÇON DONT IL ME TOUCHE...

ZIIIP
FRSH
......
FRSH
HAN
......
MAIS LÀ, ÇA M'EST ÉGAL...
HAAAN

HAAAN
SMACK
AU FAIT, JE T'AI DIT QUE JE NE TE TOUCHERAIS PLUS SANS TON CONSENTEMENT...
... ET JE N'AI PAS L'INTENTION DE RECOMMENCER...
......

C'EST BON... ON S'EN FICHE...
NON, ON NE S'EN FICHE PAS !
FRSH
GH !
PINCH
FRISSONNE
AH !
....
HUFF
HUFF
FRSH

BON, BEN PUISQUE TU LE DIS...
FRSH
FRSH
WHAM
OUAH !
GRAB
ROLL
!
VLAM
POURQUOI MAINTENANT...
TU CROIS QUE C'EST UNE BONNE IDÉE DE TOURNER TES FESSES VERS MOI ?

Pas aujourd'hui...
NE T'EN FAIS PAS, JE NE VAIS PAS TE PRENDRE PAR SURPRISE !
......
BRR
UUH...
JE N'AIME PAS TROP ÊTRE DERRIÈRE LUI, JE NE VOIS PAS SON VISAGE...
MAIS BON, TANT PIS...
HAN

HAAAN
HAAAN
PLISH
PLISH
FRSH
SMACK
HAAAN ...
HAAAN...
HAAAAN
HAAAAN
HAAAAN

HAAAN !
HAAN !
AH !
ÇA VA...
... SORTIR...
HA !
HAAA...
SPRRRT
PLIC
HEIN ?
HAAAN

T'AS GICLÉ BEAUCOUP TROP LOIN, AKAMATSU !!
HEIN ?
TAP TAP
AAAAH ! MON FUTON !!!
IL Y EN A MÊME SUR LES TATAMIS !!
TAP TAP
Journée ménage...
ET ESSUIE-TOI, BON SANG !
MAIS C'EST PAS GLAMOUR...
TOC TOC

QUI ES-TU ?
TU N'ES PAS EIGHT...
EH BIEN... COMME ÇA FAISAIT LONGTEMPS, IL A PRÉFÉRÉ RESTER DANS LA VOITURE...
AH, JE M'APPELLE SUZUKI !
LA VOITURE ?
J'AURAIS PRÉFÉRÉ LE FAIRE ICI, J'AVAIS RÉSERVÉ UNE CHAMBRE D'HÔTEL...
SI C'EST À L'HÔTEL, VOUS DEVREZ VOUS CONTENTER DE MOI...

ÇA FAIT UN BAIL, EIGHT !
BONSOIR ...
ALLEZ, MONTRE-MOI TON BEAU VISAGE !
JE COMMENCE À ME FAIRE VIEUX, J'AI UN PEU HONTE D'ALLER À L'HÔTEL, MAINTENANT...
SI TU ES UN VIEILLARD, EIGHT, MOI, JE SUIS DÉJÀ DANS LA TOMBE !
CLAC
HAHAHA !
ON A INSTALLÉ UN MATELAS À L'ARRIÈRE...
CE SERA MA PREMIÈRE FOIS DANS UNE VOITURE... AVEC MON VIEUX DOS, J'ESPÈRE QUE ÇA IRA !
DOOOM
ALLONS, VOUS SAVEZ BIEN QU'AVEC UNE PETITE DOSE DE ÇA, VOUS ALLEZ PÉTER LA FORME !
T'EN PRENDRAS AUSSI APRÈS, SUZUKI !
OUI !

BON, J'Y VAIS EN PREMIER ?
VAS-Y !
HAN !
GSH
GSH
HAN !
HAN !
EIGHT...
HAN !
HAN !

HAN
ALLEZ, VIENS PAR ICI !
HAN
JE VAIS BIENTÔT JOUIR !
EIIIGHT...
QU'EST-CE QU'IL Y A, MONSIEUR NAKAGAWA, VOUS VOULEZ MA QUEUE ?
OH OUI, JE LA VEUX !
ENCORE UN PEU DE PATIENCE...
SI TU NE TE DÉPÊCHES PAS, JE VAIS MOURIR AVANT !
HAN
HAN
MAIS NON, VOUS ALLEZ TENIR ! REGARDEZ, LE BEAU SUZUKI, 19 ANS, EST SUR LE POINT DE JOUIR !
AA AH...
HAN
VOTRE QUEUE A ENCORE TOUTE SA VIGUEUR, MONSIEUR NAKAGAWA !
AA AH...
HAN

LAISSE-MOI AU MOINS SENTIR TON ODEUR, EIGHT !
FER-MEZ-LA UN PEU...
BON, VOUS NE ME LAISSEZ PAS LE CHOIX !
VRSH
ET VOILÀ !
HAAAN...
OUVREZ LA BOUCHE, MONSIEUR NAKAGAWA...
MMMMH, JE SENS TON ODEUUUR... ♥
DÉGUEU...
TOUT CE QUE TU VOU-DRAS, EIGHT... ♥
ALLEZ, OUVREZ GRAND !
HAN !
HAN !
FRSH
HAN !
FRSH
HAN !

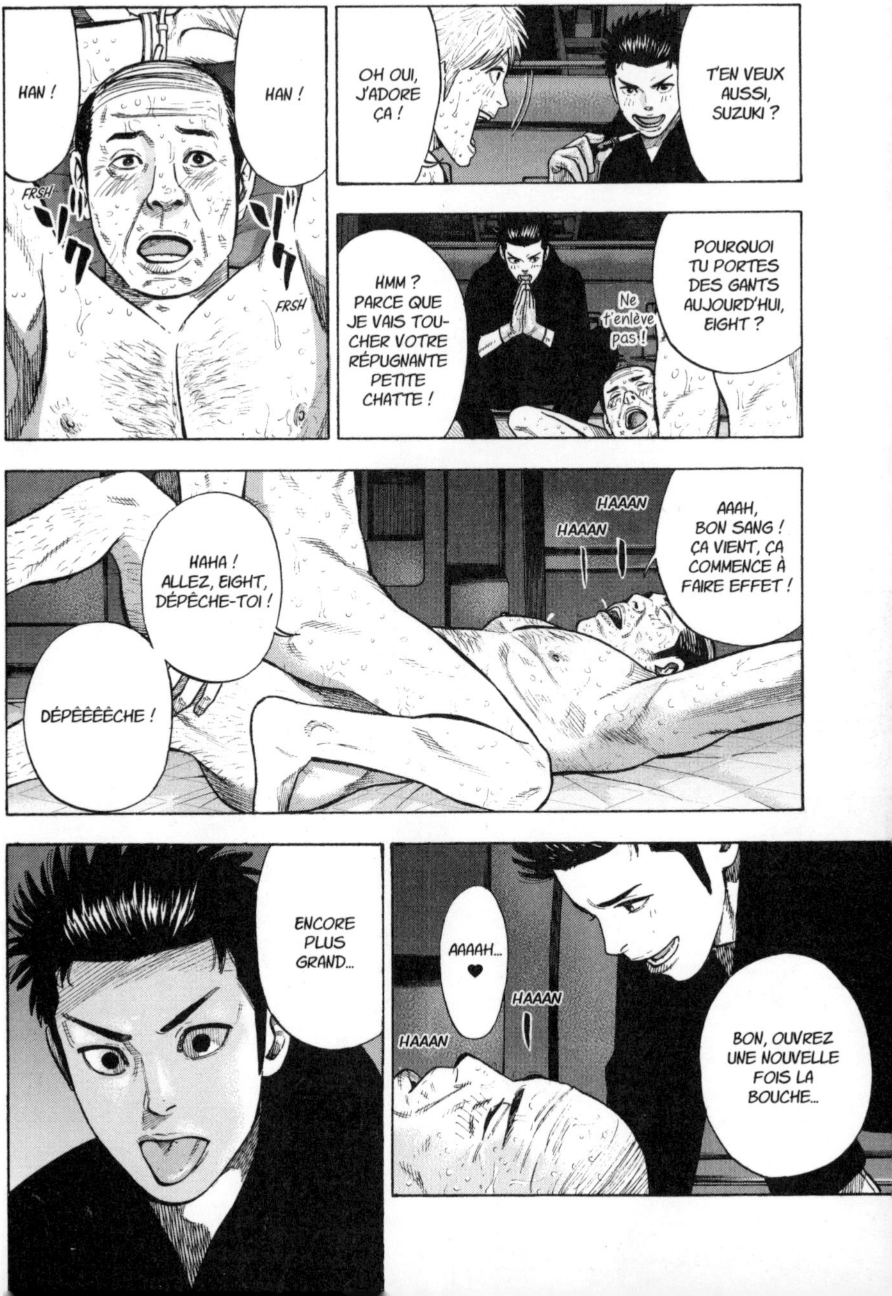
T'EN VEUX AUSSI, SUZUKI ?
OH OUI, J'ADORE ÇA !
POURQUOI TU PORTES DES GANTS AUJOURD'HUI, EIGHT ?
Ne t'enlève pas !
HMM ? PARCE QUE JE VAIS TOUCHER VOTRE RÉPUGNANTE PETITE CHATTE !
HAN !
HAN !
FRSH
FRSH
AAAH, BON SANG ! ÇA VIENT, ÇA COMMENCE À FAIRE EFFET !
HAAAN
HAAAN
HAHA ! ALLEZ, EIGHT, DÉPÊCHE-TOI !
DÉPÊÊÊÊCHE !
BON, OUVREZ UNE NOUVELLE FOIS LA BOUCHE...
HAAAN
AAAAH... ♥
HAAAN
ENCORE PLUS GRAND...

WHAM
GMBRF !!

NNNGH !
TIENS-LE !
NNNGH
ÇA NE DOIT PAS ÊTRE COMPLIQUÉ POUR VOUS, ALLONS !
VOUS AIMEZ CE QUI EST MIGNON ET PETIT, NON ?
NNNGH
CRRRSH
ET PUIS C'EST TRÈS NUTRITIF, LES INSECTES ! C'EST BOURRÉ DE PROTÉINES ET DE CALCIUM...
QUAND VOTRE ESTOMAC L'AURA DÉSAGRÉGÉ GRÂCE AU SUC GASTRIQUE, VOUS NE POURREZ MÊME PLUS LE DIFFÉRENCIER DES AUTRES ALIMENTS !
MANGEZ, MONSIEUR NAKAGAWA...
C'EST UN CADEAU DE MA PART !
MFUUH...
MFUUH...
MÂCHEZ BIEN...
... ET AVALEZ !

CRAC
VOILÀ, C'EST BIEN...
CRSH
CRSH
シャク
シャク
CRAC
HAHA !
OH, BRAVO !
GLOUP
ALORS, C'ÉTAIT BON ?
HAN
HAN
JE VOUS APPLAU-DIS !
C'EST UN PEU AMER, ACIDE, ET ÇA PUE... MAIS CROYEZ-MOI, VOTRE QUEUE EST BIEN PIRE QUE ÇA !
BON, ALLEZ...
GRAB
J'AIMERAIS BIEN VOUS VOIR EN MANGER ENCORE UN PEU ! ♥
VOUS VOULEZ SUCER MA QUEUE, NON ? ALORS, COMMENCEZ PAR AVALER ÇA !
HAN !
HAN !
HAN !

ALLEZ, OUVREZ GRAAAND LA BOUCHE !
PLOP
NNNGH !
PLOP
NNNNGH !
HÉHÉ-HÉHÉ !
BAM
AH LÀ LÀ...
ARRÊTEZ DE GESTICULER !
BAM
HUUUFF ...
HUUFF ...
HUUUFF ...
CROQUEZ...
ALLEZ, MONSIEUR NAKAGAWA, MÂCHEZ BIEN !

JE VAIS PRENDRE LES PRÉ-SENCES...
AKAMATSU ?
HÉ...
IL N'EST PAS LÀ ? AKAMATSU ?
PRÉ-SEENT ...
DANS LA LUNE
KATÔ ?
PFFF...
PRÉSENT !
Étrangement, le monde me semble plus beau depuis que je suis sorti ce matin...
LE CIEL EST VACHEMENT BLEU !

Je me sens soulagé...
BLING
キャッ
BLING
キャッ
Salut !
Salut !
C'est comme si tout autour de moi brillait de mille feux...
キラ
BLING
キラ
BLING
キラ
HÉ !
NIARK
ニヤッ

Non, il ne faut pas que je me laisse aller, sinon je vais commencer à ruminer... !!
GH...
HAN...
HEUREUSEMENT QUE LES PRÉSERVATIFS ÉTAIENT INUTILISABLES...
QU'EST-CE QUE JE SUIS CENSÉ FAIRE ?
IL A QUAND MÊME TOUCHÉ MON SEXE...

SA MANIÈRE DE FAIRE ÉTAIT TOTALEMENT DIFFÉRENTE DE QUAND ON ÉTAIT DANS LA SALLE DE BAIN, C'ÉTAIT TROP BON !
Ça craint !
DING
DONG
Il faut que je règle ça...
C'est la fin des cours...
... et je suis tout excité !!
DANG
DONG
Monsieur Katô est drôlement beau, aujourd'hui...
AKAMATSU...
POURRAIS-TU ARRÊTER D'ÉCRIRE LE MENU DU RESTAURANT OÙ TU TRAVAILLES DANS TON JOURNAL DE CLASSE, S'IL TE PLAÎT ?
journal de classe
Menus souvent commandés (tous les âges)
Nouilles froides
Curry pilaf
Raviolis fourrés
Mon « Aloha »
Mon « Ohana »
Pardon, je ne sais pas ce que je raconte...
JE NE COMPRENDS STRICTEMENT RIEN À CE QUE TU ÉCRIS !
TAKE ME HIGHER
Mon sperme a quand même volé méga-loin...
VIOUUU
C'EST VIVANT, UNE LANGUE ?
Mais ce qui me reste le plus en tête, c'est la sensation de ses lèvres et de sa langue...

Bref, parce que je mate ?
Parce que je le regarde quand il sort tout nu de la salle de bain ? Parce que je regarde son sexe à travers son pantalon ?
HIGHER!
Qu'est-ce qui lui a fait croire que j'étais hésitant, au fait ?
ON A COURS DE GYM, AISUKE, GROUILLE-TOI DE TE CHANGER !
OUAIS...
Je n'y peux rien, moi...
FAIS-MOI LA PASSE !
C'est comme si, pour mon pote, une jeune femme canon sortait à poil de la salle de bain et se baladait chez lui...
C'est clair qu'il materait !
RIEN DE TEL QU'UN BON THÉ APRÈS LE BAIN !
OUAIIIS !

J'ai toujours tracé une ligne entre mes amis et moi, pour ne jamais les considérer d'une manière amoureuse.
Jusqu'à aujourd'hui, c'est comme ça que j'ai géré mes émotions.
Mais lui, il n'arrête pas de franchir cette ligne !
AISUKE !
Je ne peux plus rien y faire...
コインランドリー
尾高店
ゴウン DWOM
ゴウン DWOM
ゴウン DWOM
ゴウン DWOM

VU QU'ON N'A QU'UNE SEULE HOUSSE DE COUETTE CHACUN, JE SUIS FORCÉ DE FAIRE UNE LESSIVE...
PLUTÔT QUE D'ALLER À LA LAVERIE À CHAQUE FOIS POUR UNE SEULE HOUSSE, CE SERAIT PLUS RENTABLE D'EN ACHETER UNE DEUXIÈME PAS TROP CHÈRE.
DWOM
DWOM
ZERO
J'AI UN PEU DÉCONNÉ, HIER...
IL AVAIT L'AIR SURPRIS...
JE CROIS QUE CETTE PETITE BASTON, APRÈS TOUT CE TEMPS, M'EST MONTÉE À LA TÊTE...
MAIS...

Il était trop mignon !
PLAF
FSH
STAFF ONLY
ZERO
JE VAIS ACHETER DU LUBRIFIANT AU CAS OÙ, POUR UNE PROCHAINE FOIS...
PLAY GEL
PLAY GEL
¥777
C'EST UN PEU CHER, MAIS JE PENSE QUE ÇA NOUS SERA UTILE !
Texte
ACHETER
TAMAZON.com が販売
J'en ai déjà fait un l'an dernier donc ça devrait être bon, mais quand même...
ET JE PASSERAI À OTAKA, ILS ORGANISENT DES TESTS DE DÉPISTAGE GRATUITS, ON NE SAIT JAMAIS...
VRRRR

ZERO
WHATSUPLINE
SACHIKO
DWOM
DWOM
ZERO
4G
Retour
Message
Tu vas bien ?
Aucun changement de ton côté ?

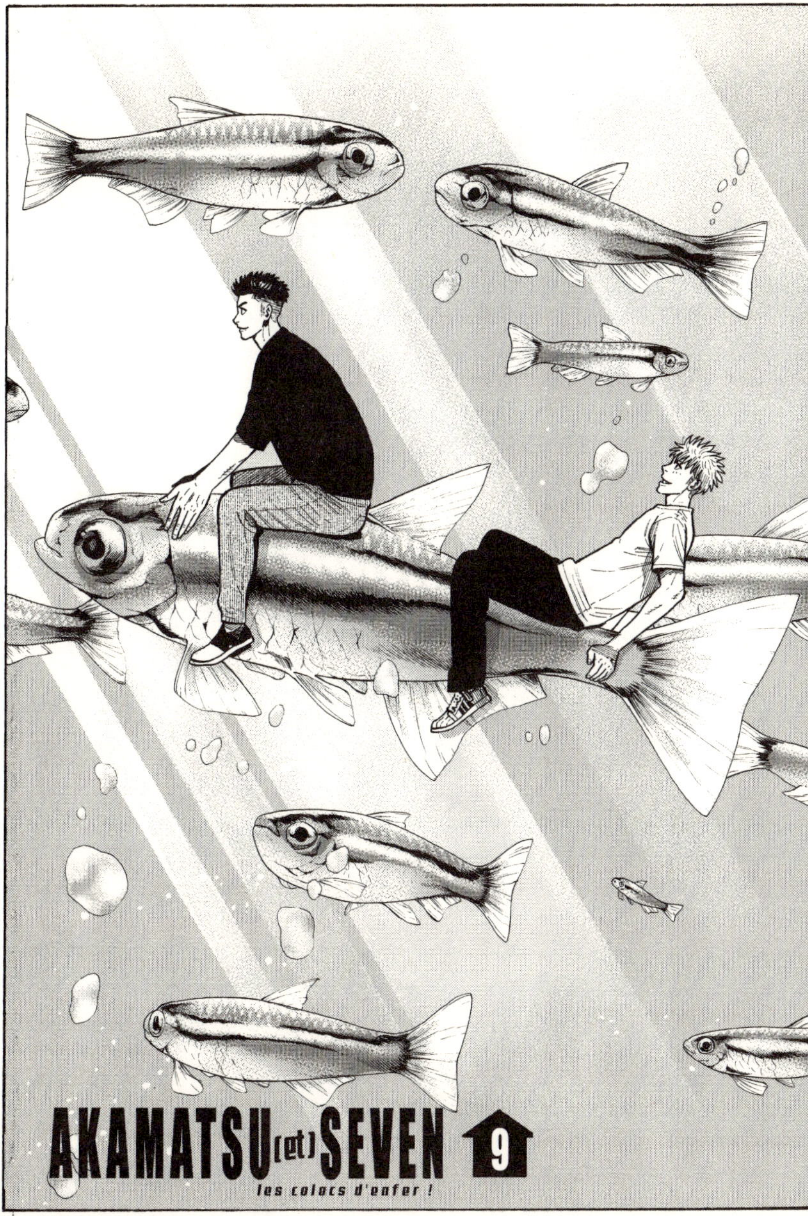
AKAMATSU [et] SEVEN
9
les colocs d'enfer !

CLANG
JE SUIS RENTRÉ !
SALUT !
TU NE BOSSES PAS, AUJOURD'HUI ?
NON, POURQUOI ?
DES ANGUILLES-JARDINIÈRES MOUCHETÉES...
POURQUOI TU FIXES MON CALEÇON COMME ÇA ?
Tant de souvenirs...
ON DEVRAIT SE FAIRE UN RANCARD !!
TON CALEÇON M'A FAIT PENSER À CES PETITES ANGUILLES !
HEIN ?!
T'ES VULGAIRE, LÀ !

ET PUIS UN RANCARD, EN QUOI ÇA CHANGERAIT DE TOUTES LES FOIS OÙ ON VA FAIRE DU SHOPPING ENSEMBLE ?
C'EST UNE QUESTION DE MENTAL, JE DIRAIS...
PSYCHOLO-GIQUEMENT, C'EST PAS PAREIL !
AH BON...
BIP
TU VEUX QU'ON SE TIENNE PAR LA MAIN ?
ET PUIS QUOI ENCORE !
くすくす
HIHIHI
RELAX, C'ÉTAIT UNE BLAGUE !
Et donc...
ド
TADAAAA

TADAAAM
J'ADORE LES AQUARIUMS !!
エモダ水族館
EMODA AQUARIUM
TADADAAAM
DES CREVETTES !!
魚
ギョ
BLUUUP
UN POISSOOON !!
IL NAGE À LA VERTICALE ?!

JE NE SAVAIS PAS QUE TU AIMAIS LES AQUARIUMS...
BAH, COMME TOUT LE MONDE, JE SUPPOSE...
MOI AUSSI !
WOOOSH
IL EST TROP MIGNON, CE FUGU !
J'AI TROP ENVIE DE TOUCHER SA QUEUE !
IL NE VAUT MIEUX PAS...
IL Y A MÊME DES REQUINS, PAR ICI !
ILS SONT ÉNORMES !
VSHHH

HAHAHA !
REGARDE, IL Y A DES ANGUILLES-JARDINIÈRES MOUCHETÉES !
DOOOOM
C'EST TROP CHELOU !
C'EST LA PREMIÈRE FOIS QUE J'EN VOIS EN VRAI ! ELLES ONT DES GROS YEUX...
HAHAHA !
TOI, SI ON DEVAIT EN CHOISIR UNE POUR REPRÉSENTER TA QUEUE, CE SERAIT CELLE-LÀ, QUI N'ARRÊTE PAS DE SE TRÉMOUSSER !
HÉ, ARRÊTE !
ZWIP
ZWIP
BEN TOI, ALORS, CE SERAIT LA TOUTE NOIRE, LÀ !
Elle se tient toute droite !
ARRÊTE, ELLE N'EST PAS AUSSI FONCÉE QUE ÇA ! CE SERAIT PLUTÔT LA RAYÉE, LÀ, BIEN ROSE ET TOUTE MIGNONNE !
HEIN ? NON MAIS TU RACONTES N'IMPORTE QUOI !
DOOOM
......

NNGH !
AHEUM
PAF

TANT QU'ON NE DIT RIEN, TOUT LE MONDE PENSERA QU'ON N'EST QUE DEUX AMIS VENUS ENSEMBLE...
PERSONNE NE PEUT SE DOUTER QU'ON EST EN PLEIN RANCARD !
OUAH, IL FAIT SOMBRE...

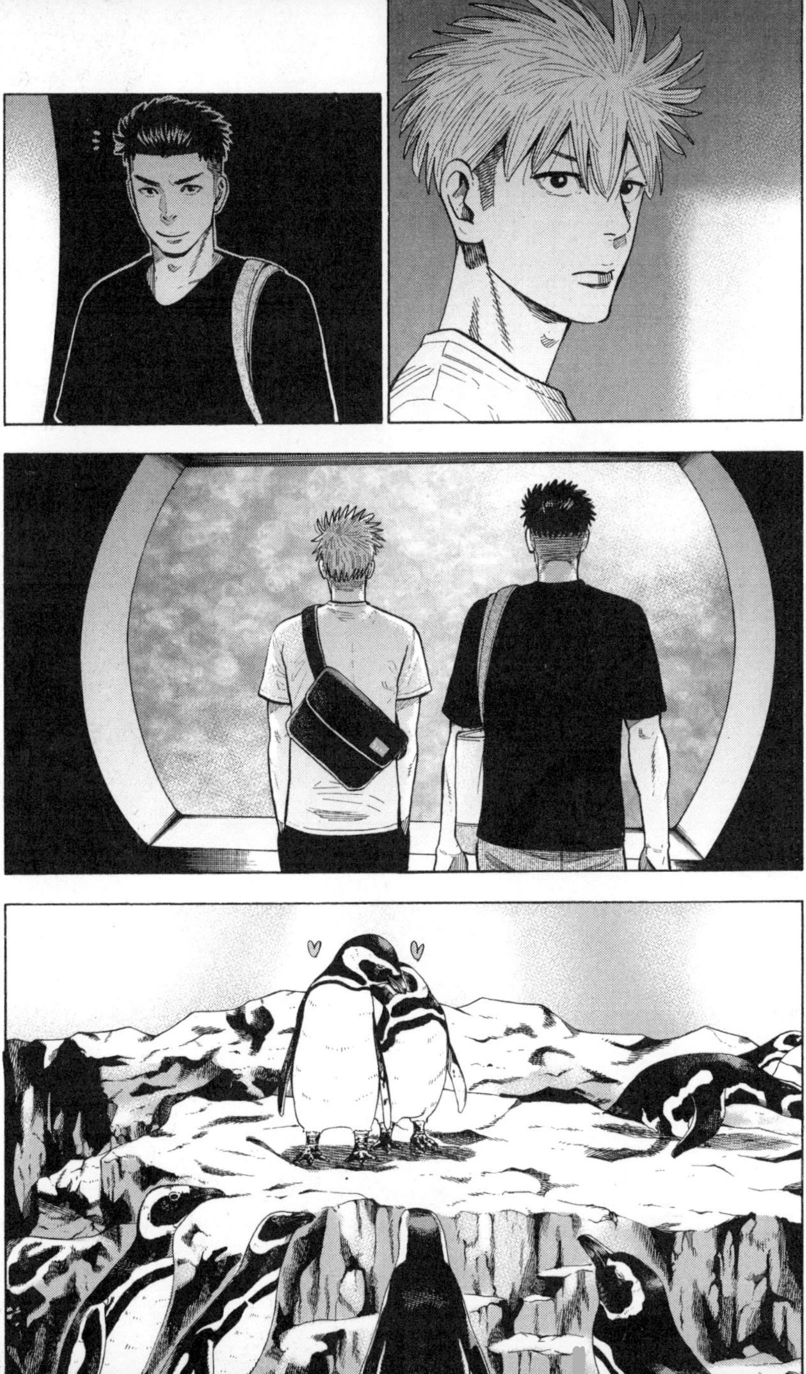

C'EST LE COIN DES MANCHOTS, PAR ICI !
IL Y EN A PLEIN !
C'EST AGRÉABLE À REGARDER...
DWOOOM
プカー
ÇA NE ME DÉPLAIRAIT PAS DE PASSER MA VIE À MANGER ET À NAGER !
APRÈS AVOIR PASSÉ UN MOIS COMME ÇA, IMPOSSIBLE DE FAIRE MACHINE ARRIÈRE...
ALLEZ, PORTE-MOI !
NNNGH !
ALLEZ, GRAND FRÈÈÈÈRE ! C'EST À MON TOUUUR !
OUH LÀ...

AH !
ZWOUSH
ÇA VA MAL FINIR...
ATTENTION !
TAKE-HIKOOO !
!!
BOM
AH !

ザバーン
PLOUF
AKAMATSU !
UUH...
SPLASH
ÇA CAIIIILLE !!!

HÉ ! EST-CE QUE ÇA VA ?!
VITE, UN EMPLOYÉ !!
ON ARRIVE MON GARÇON, NE BOUGE PAS !!
J'ai froid et ça pue...
Qui c'est, lui ?
DE PRÈS, ÇA A PAS L'AIR COMMODE, LES MANCHOTS...
QUI C'EST, LUI ?
ぐおおーん
COUAAAAK

GYAAAAAAAAH !!
AKAMATSU !!
SPLASH
SPLASH
ARRÊTEZ ÇA ! REGARDEZ, C'EST L'HEURE DE MANGER ! ON A DES BONS POISSONS POUR VOUS !!
SPLASH
SPLASH
SPLASH
TOUT VA BIEN ?!
UUH...
J'AI FROID... ÇA PUE...
ON VA TE REMONTER !

QU'EST-CE QU'IL A TON T-SHIRT, IL EST DÉCHIRÉ ?
ス
FRSH
QU'EST-CE QUE TU VEUX QUE J'EN SACHE ?!
Sexy!!
JE SUIS DÉSOLÉE, JE N'AI QUE CES VÊTEMENTS À VOUS PROPOSER...
VOUS POUVEZ LES GARDER, BIEN ÉVIDEMMENT !
CHIN ANA
JE SUIS SINCÈREMENT NAVRÉE !
PARDON !
C'EST MOI QUI VOUS AI POUSSÉ...
TU ES L'AÎNÉ, TU DEVRAIS ÊTRE PLUS PRUDENT SI TU NE VEUX PAS ÊTRE LE PROCHAIN À TE FAIRE DÉVORER LE T-SHIRT PAR DES MANCHOTS !
C'ÉTAIT TROP MARRANT !
JE VAIS TE BALANCER...
.....
......
CHIN ANA
CHIN ANA

IL VAUT MIEUX EN RIRE, HEIN !
POUA HA HA HA !!
TROP !!
NJPW
TOUT LE MONDE N'A PAS L'OCCASION DE NAGER AVEC LES MANCHOTS EN ALLANT À L'AQUARIUM !
RESPECT, MON VIEUX !
JE ME SUIS SURTOUT FAIT ATTAQUER, OUAIS ! ENFIN BON, AU MOINS, JE M'EN SOUVIENDRAI !
C'était trop flippant...
HEUREUSE-MENT, ILS N'ONT PAS BOUFFÉ TES TÉTONS !
C'ÉTAIT MOINS UNE, JE TE JURE...
エモダ水族館
EN TOUT CAS, JE ME SUIS BIEN MARRÉ ! SI ON SE PRENAIT EN PHOTO ?
NJPW
T'es du genre à prendre beaucoup de photos ?
ON VA EN PRENDRE UNE AVEC TON TÉLÉPHONE AUSSI !
HEIN ?

UNE OÙ ON SOURIT, ET UNE OÙ ON FAIT UNE GRIMACE !
FLASH
カシャ…
N'IMPORTE QUOI...
HAHA !
ÇA FAIT TROP RANCARD !
VRRR
ブルル
NAN, PAS DU TOUT !
DIS...

TU N'AVAIS PAS L'INTENTION QU'ON EN ARRIVE LÀ AU DÉPART, HEIN ?
NON...
DEPUIS QUAND ÇA A CHANGÉ ?
BEN...
DIFFICILE À DIRE, C'EST UNE ACCUMULATION DE PLEIN DE PETITES CHOSES...
C'EST LA PREMIÈRE FOIS QUE JE RESSENS ÇA, ET JE SUIS AUSSI SURPRIS QUE TOI, CROIS-MOI.
C'EST PARCE QUE JE SUIS GAY ?
C'EST PARCE QUE TU ES GAY QUE QUOI ?
NJPW
CHIN ANA

SI JE NE L'AVAIS PAS ÉTÉ...
ON SERAIT PROBABLEMENT JUSTE AMIS ?
ET TOI, ALORS ?
QU'EST-CE QUE TU PENSAIS DE MOI, AU DÉBUT ?
.....
T'ÉTAIS JUSTE UN MEC AVEC QUI JE POUVAIS ME LIBÉRER DE TOUT MON STRESS.
VRAIMENT ?
OUI...
IL N'Y AVAIT RIEN D'AUTRE, MÊME PAS UN TOUT PETIT PEU ?
PEUT-ÊTRE UN PEU, AVEC LE TEMPS...
... MAIS JE N'Y AVAIS JAMAIS VRAIMENT RÉFLÉCHI.
SE FAIRE DE FAUX ESPOIRS NE MÈNE À RIEN, ALORS JE PRÉFÈRE NE PAS ESPÉRER.

JE VOIS...
MAIS À PARTIR DE MAINTENANT, TU AS LE DROIT D'ESPÉRER UN TAS DE CHOSES ! ♥
BOM
BON... ON RENTRE ?
政大臣
電話の金融・販売
5551111
和井田口
AVEC MON BOULOT PLUS L'AQUARIUM, JE SUIS CREVÉ...
TU PEUX DORMIR, JE TE RÉVEILLERAI QUAND ON ARRIVERA !
D'ACCORD !
前乗り 先払い

ぐー
ZZZZ
NJPW

CHIN
FRSH

AKAMATSU (et) SEVEN 10
les colocs d'enfer !

* Bureau de taxation régional de Tokyo

DOM
DOM
DOM
C'est trop bruyant, Eight, sors pour qu'on discute !
C'EST BON, JE SUIS DANS LE LOUNGE À L'ÉTAGE...

JE SUIS EN TRAIN DE SURVEILLER QU'IL N'Y A PAS DE GARS LOUCHES ET DANGEREUX DANS LE CLUB…
Il y a toi…
Le type que tu as éliminé n'était pas sur la liste, j'ai été surpris !
Tu aurais pu nous prévenir…
EFFECTI-VEMENT, DÉSOLÉ…
Si la police te retrouve, on ne pourra pas te couvrir.
EN TOUT CAS, JE ME SUIS BIEN OCCUPÉ DE LUI, IL NE NOUS GÊNERA PLUS !
SI ÇA ARRIVE, VOUS POURREZ ME LAISSER ME DÉMERDER, ÇA M'EST ÉGAL !
Ne sois pas stupide ! Bon, si une occasion similaire se représente, préviens-moi avant d'agir, je devrais pouvoir faire quelque chose…
JE SUIS UN ADULTE RESPON-SABLE, ET JE NE VOULAIS PAS VOUS EMBÊTER AVEC DES BROUTILLES, M'SIEUR TAKANAMI…
C'est surtout ne rien me dire qui m'embête !
HAHA !

OUI C'EST VRAI, ENCORE PARDON !
Il t'a encore forcé à faire les mêmes trucs ?
C'EST ARRIVÉ, PARFOIS...
BON, ON SE FAIT UN RANCARD ? J'AI DÉTESTÉ MON CLIENT DU JOUR...
IL N'EN FAIT QU'À SA TÊTE DEPUIS QUE VOUS ÊTES PARTI, MONSIEUR TAKANAMI, ET ÇA M'A FOUTU EN ROGNE. JE N'AI PAS PU M'EMPÊCHER DE L'EMBÊTER UN PEU. ♥
JE PRÉFÈRE ÊTRE AVEC TOI, EIGHT...
Ça ne m'étonne pas de ce vieux pervers !
ET TON CLIENT ?
IL A PAYÉ.
OÙ EST PASSÉ TON SOURIRE, MOTA ?
JE REFUSE DE VENDRE MON CORPS POUR DE L'ARGENT.
TRÈS BIEN, TERÇA DEUSA MOTA, ON SE VOIT DEMAIN !
D'ACCORD...

Ma plus grande priorité, c'est de tuer Kanzaki.
DOM
ÇA, ÇA RISQUE D'EMBÊTER TAKASU...
Mais quand on tue un proche, les flics remontent facilement la piste…
DOM
DOM
DOM
ÇA VA ALLER !
Dépêche-toi de couper les ponts et de nous rejoindre, Eight !
DOM
DOM
DOM
DOM
Ici Mikita, du Bureau des Taxations. Vous êtes bien monsieur Mamoru Kanzaki ?

CE SERAIT BIEN QU'ON AIT LA CLIM...
FSHHHH
VRRR ...
WHAT'S UP LINE
SACHIKO
SACHI...
... KO ?

BAH, IL A BIEN LE DROIT D'AVOIR DES AMIES !
MÊME SI J'EN AI PAS, MOI...
J'AI BIEN GÉRÉ, AUJOURD'HUI ! JE SUIS ALLÉ BOSSER, J'AI FAIT TOUS MES DEVOIRS...
... J'AI NETTOYÉ LA CUISINE ET J'AI AIDÉ TONTON À CULTIVER SON CHAMP !
J'ai chaud !
PFIOUUUU...

CE SERAIT BIEN QU'ON AIT LA CLIM, NON ?
POURQUOI TU NE T'INSTALLERAIS PAS ICI POUR DE BON ?
TONTON TE CONNAÎT, IL SERAIT D'ACCORD...
IL DEVRAIT POUVOIR T'INSTALLER UN CLIMATISEUR DE SECONDE MAIN !
Te balade pas à poil, la fenêtre est ouverte.
AH...
ENFIN, TU N'ES PAS OBLIGÉ DE RESTER SI ÇA T'EMBÊTE, HEIN...
OUAIS, JE VERRAI BIEN...
À VRAI DIRE, JE PENSAIS DÉMÉNAGER...
!
AH BON ?

J'AIME ASSEZ CET APPART ET LE QUARTIER, ET JE NE ME SUIS PAS ENCORE VRAIMENT DÉCIDÉ...
... MAIS JE PENSAIS PEUT-ÊTRE M'INSTALLER QUELQUE PART PLUS PRÈS DE CHEZ TES PARENTS.
JE VOIS...
ENFIN, CET ENDROIT N'EST PAS LE BOUT DU MONDE NON PLUS...
C'EST VRAI...
JE VOIS...
IL A RAISON, CE N'EST PAS COMME SI...
... ON ALLAIT RESTER ENSEMBLE POUR TOUJOURS...

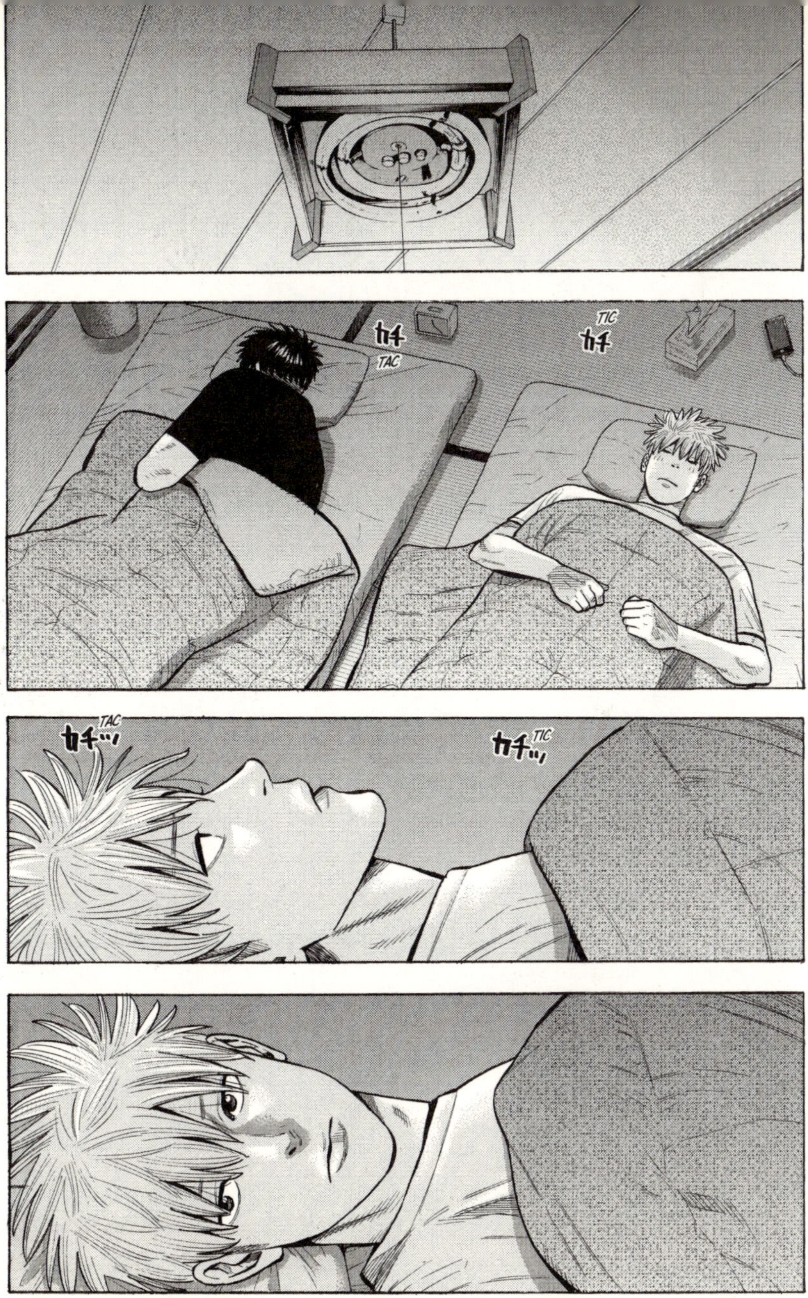
カチ
TAC
TIC
カチ
TAC
カチッ
TIC
カチッ

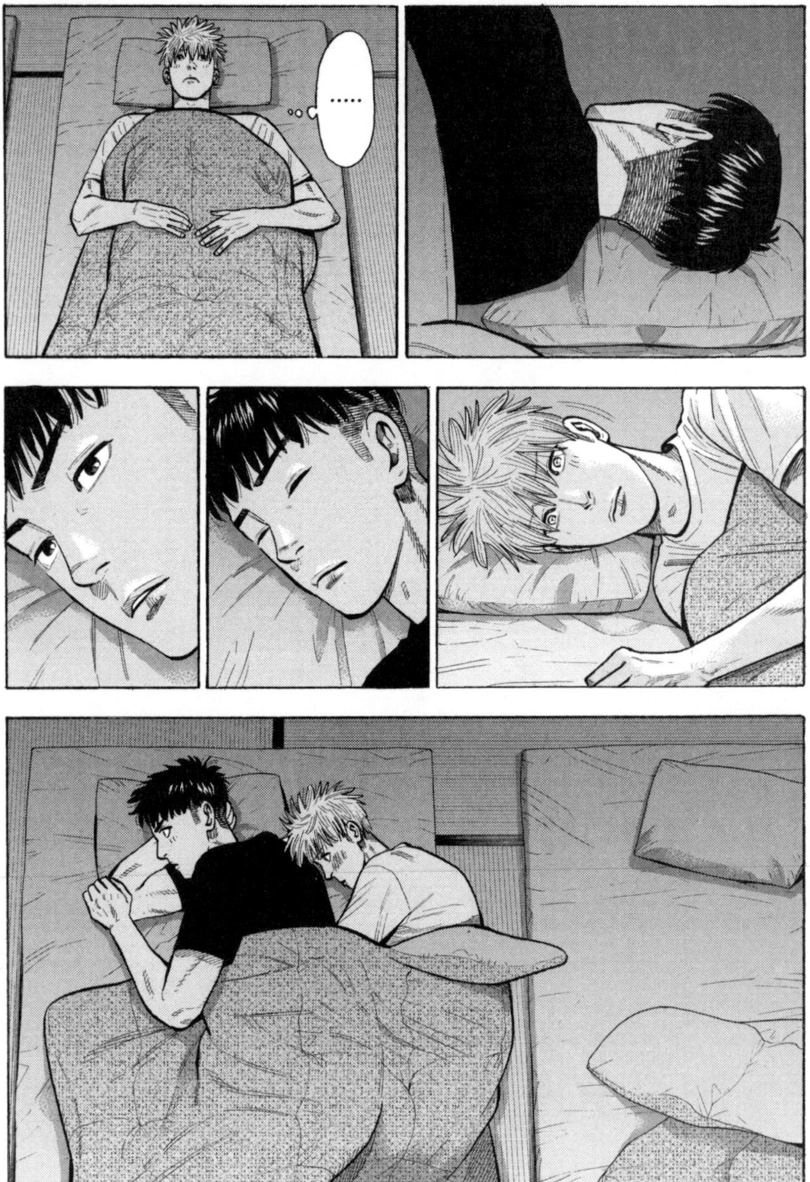

BOBOM
BOBOM
.....
BOBOM
BOBOM
JE NE PENSAIS PAS QUE TU FERAIS LE PREMIER PAS...
EH BEN TU VOIS COMME QUOI...
JE ME... JE ME RETIENS DEPUIS UN MOMENT !
TU PASSES TOUT TON TEMPS À TE PAVANER À L'APPART...
TOI AUSSI TU GLANDES BEAUCOUP, JE TE SIGNALE !
C'EST PAS CE QUE JE VEUX DIRE !
TU PASSES...
... TON TEMPS À TE BALADER À MOITIÉ À POIL !
EH BIEN FIGURE-TOI QUE ÇA FINIT PAR M'EXCITER... !

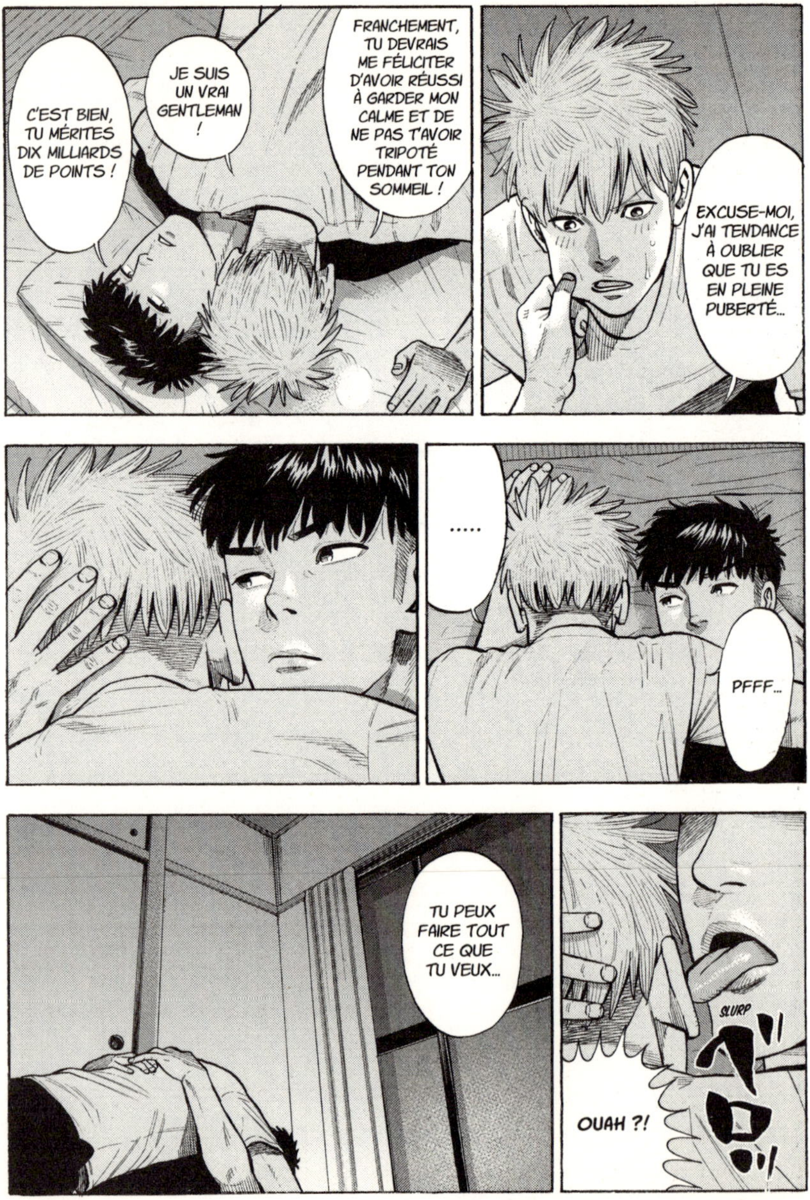
EXCUSE-MOI, J'AI TENDANCE À OUBLIER QUE TU ES EN PLEINE PUBERTÉ...
FRANCHEMENT, TU DEVRAIS ME FÉLICITER D'AVOIR RÉUSSI À GARDER MON CALME ET DE NE PAS T'AVOIR TRIPOTÉ PENDANT TON SOMMEIL !
JE SUIS UN VRAI GENTLEMAN !
C'EST BIEN, TU MÉRITES DIX MILLIARDS DE POINTS !
.....
PFFF...
SLURP
OUAH ?!
TU PEUX FAIRE TOUT CE QUE TU VEUX...

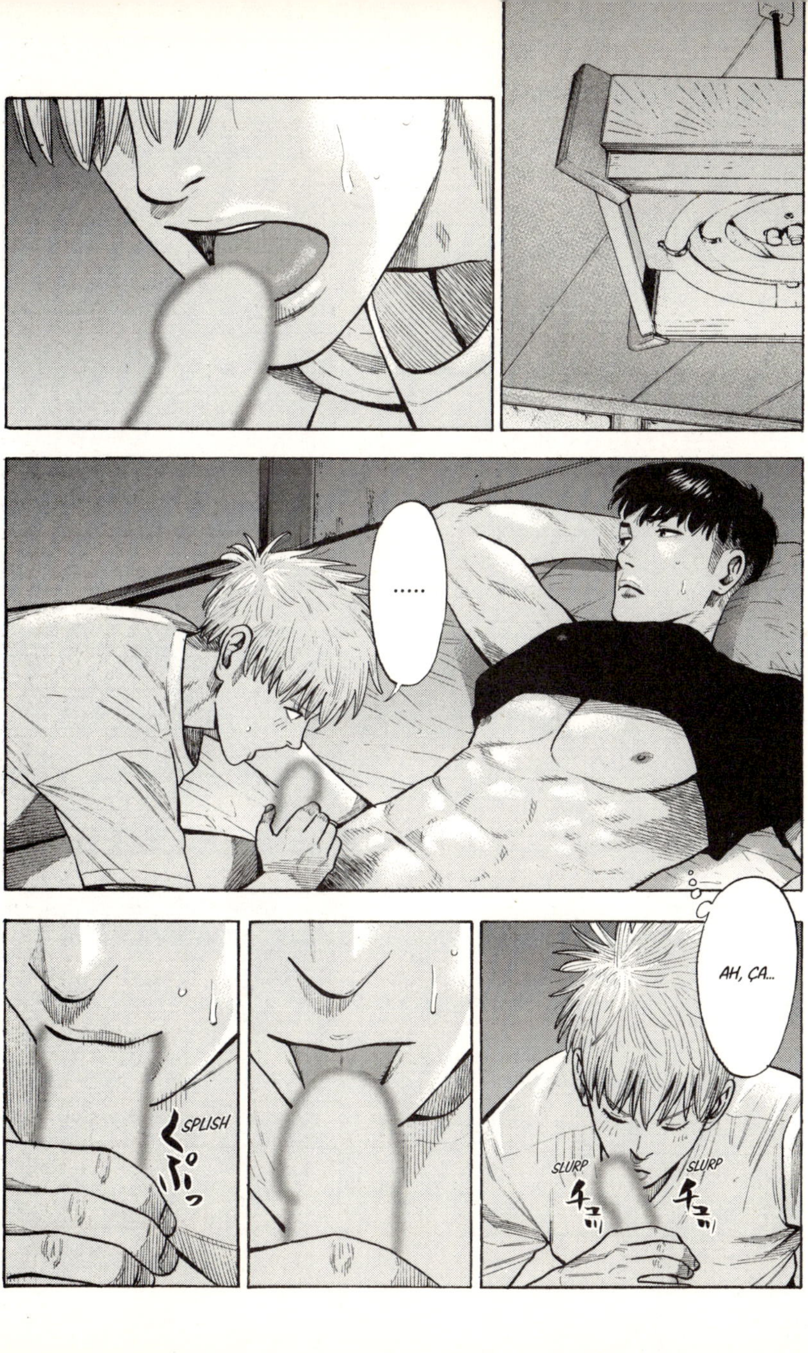
......
AH, ÇA...
SLURP
SLURP
SPLISH
くぷっ

HAN
MES YEUX SE SONT HABITUÉS À L'OBSCURITÉ...
SLURP
... MAIS JE NE VOIS PAS BIEN SON VISAGE.
JE PEUX ALLUMER ?
'ON...
JE NE VOIS MÊME PAS OÙ SONT LES MOUCHOIRS...
TSS...
HAN
HAN

GH...
HÉ...
ATTENDS...
HAN
JE VAIS JOUIR...
HAN
HAA
HAN
HAN
HAN

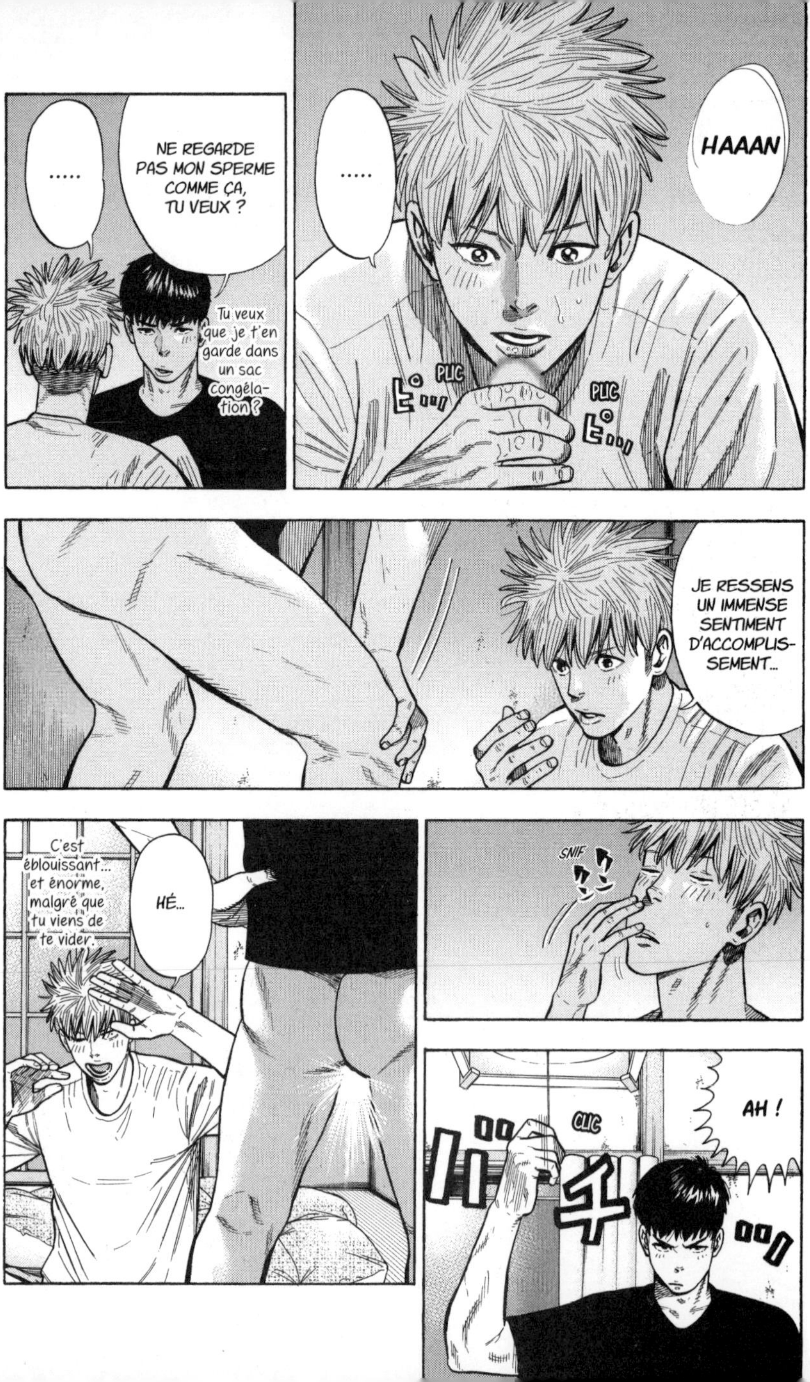

HAAAN
.....
PLIC
PLIC
NE REGARDE PAS MON SPERME COMME ÇA, TU VEUX ?
.....
Tu veux que je t'en garde dans un sac congélation ?
JE RESSENS UN IMMENSE SENTIMENT D'ACCOMPLISSEMENT...
SNIF
AH !
CLIC
HÉ...
C'est éblouissant... et énorme, malgré que tu viens de te vider.

JE VAIS TE RENDRE LA PAREILLE !
QU'EST-CE QUE TU RACONTES ?!
TU VEUX BIEN T'APPUYER CONTRE LE MUR ?
HEIN ?
FRSH
AT-TENDS...
TU M'ENLÈVES ENCORE ET TOUJOURS LE MÊME CALEÇON...
JE CROYAIS QUE J'AVAIS LE DROIT DE FAIRE CE QUE JE VOULAIS ?
MONSIEUR FAIT UNE TÊTE SEXY DANS LE NOIR ET PUIS VIENT SE PLAINDRE ?
Et tu bandes à mort, je te signale !
HEIIIN ?!
JE... J'Y PEUX RIEN !
C'ÉTAIT MA PREMIÈRE FOIS, C'ÉTAIT SUPER GÊNANT !!

TES GRANDS DÉBUTS ?!
J'Y CROIS PAS ! J'AI LOUPÉ TES GRANDS DÉBUTS !!
Les premières fois, ça ne se représente jamais. J'aurais bien voulu voir ça !!
ARRÊTE DE RÉPÉTER ÇA ET BAISSE D'UN TON !
LES VOISINS VONT T'ENTENDRE !
CHUUUUT
Toi aussi !
C'EST PLUTÔT PAS MAL DE LE FAIRE AVEC LA LUMIÈRE, TU SAIS !
.....
CHUUT...
AH !
OUAH...

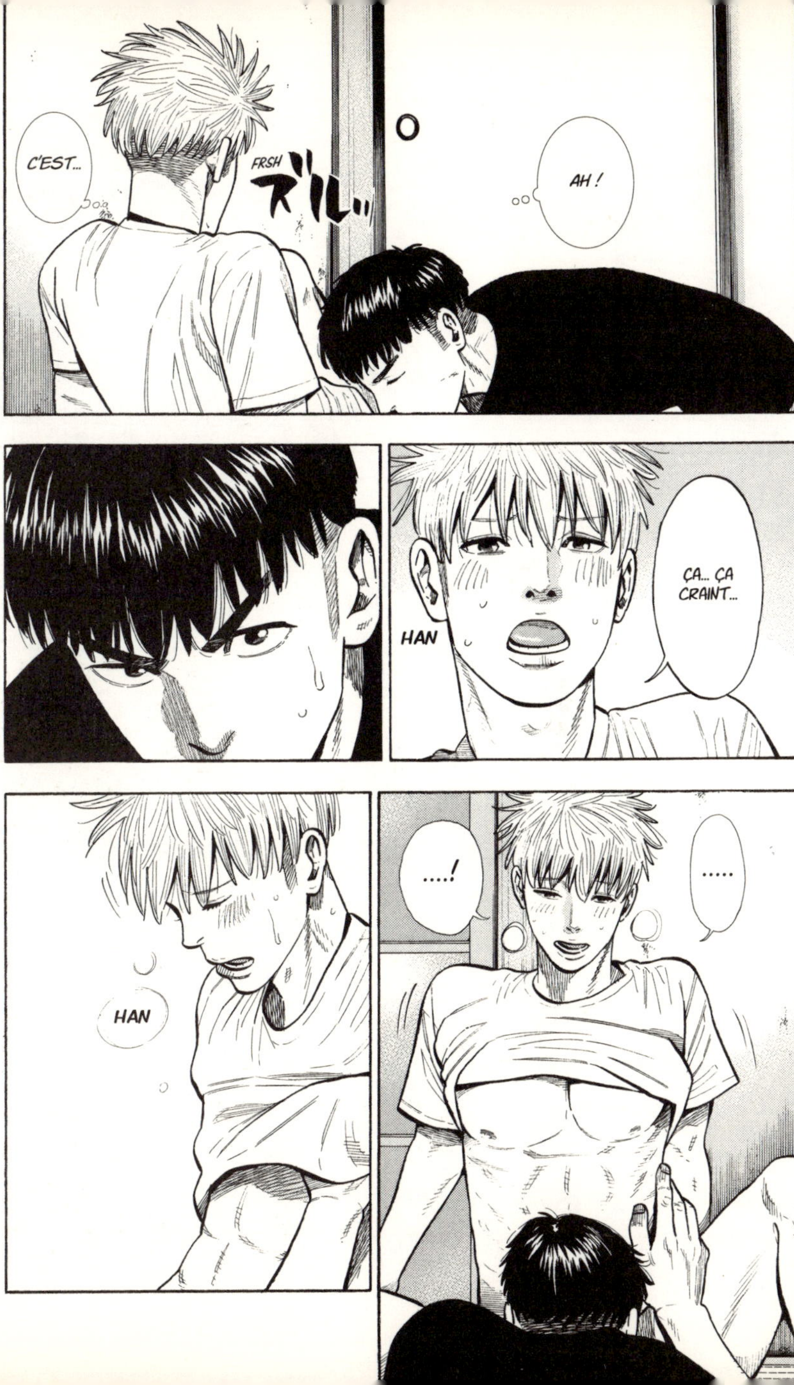
AH !
FRSH
ズル…
C'EST...
ÇA... ÇA CRAINT...
HAN
.....
....!
HAN

HAN
AH...

C'EST RARE DE TE TROUVER CHEZ TAKASU À CETTE HEURE-CI…
IL A UNE PARTIE DE GOLF DEMAIN MATIN TRÈS TÔT ET EST PARTI DÈS AUJOURD'HUI.
DIS-MOI…
C'EST TOI QUI ES ALLÉ VOIR MONSIEUR NAKAGAWA ?
NON, JE N'Y SUIS PAS ALLÉ !
JE LUI AI PROPOSÉ DE LUI ENVOYER UN JEUNE HOMME ET IL A ACCEPTÉ, J'Y AI ÉCHAPPÉ !

LES MUQUEUSES DE SON SYSTÈME DIGESTIF ONT SÉVÈREMENT ÉTÉ ATTAQUÉES ET IL S'EST MIS À VOMIR DES RESTES D'INSECTES MAL DIGÉRÉS...
BEURK, C'EST FLIPPANT !
QU'EST-CE QU'IL Y A ?
ON L'A RETROUVÉ ABANDONNÉ SUR LA ROUTE LE JOUR OÙ TU DEVAIS ALLER LE VOIR...
AH BON ?
.....
TU N'ES VRAIMENT PAS ALLÉ LE VOIR ?
NON, ET SI TU NE ME CROIS PAS, TU N'AS QU'À VÉRIFIER LES CAMÉRAS DE SÉCURITÉ DE L'HÔTEL OÙ IL ÉTAIT !
RASSURE-MOI...
TU NE LUI AS RIEN FAIT ?
PFFF

COMME QUOI, PAR EXEMPLE ?
TU...

FAIRE LE BEAU MÊME DEVANT DES TYPES QU'ON DÉTESTE, SOURIRE, LES TOUCHER ET LES LAISSER NOUS PRENDRE...
... POUR QU'UN JOUR...
... ON PUISSE SE SERVIR D'EUX.
C'EST BIEN TOI QUI M'AS APPRIS ÇA, PAPA, NON ?
DONC CROIS-MOI, JE N'AURAIS JAMAIS FAIT UNE CHOSE PAREILLE...
BONJOUR !
JE VAIS PRENDRE LES PRÉSENCES. AKAMATSU...
PRÉSEENT !
KATÔ...
OUAIP...

J'ai fait une fellation...
HÉ HÉ
MA QUEUE SE SENT EUPHORIQUE !
Et puis...
Commence le boulot tôt.
GSHH
Nn nh...
DING
DONG
... il m'a fait un câlin ce matin ! Depuis quand il fait ça ? Enfin soit, je suis content de l'avoir sucé !
FLAP
DANG
FLAP
DONG

Message
C'est l'amour fou depuis la dernière fois, mon petit Aisuke ? Je passerai demain vous déposer de la nourriture. Je sais que vous ne serez pas là, je la rangerai dans le frigo.
Ton père ne sera pas là samedi, viens donc manger un barbecue avec Kanzaki ! ❤
HÉ HO !
C'EST QUOI CETTE HISTOIRE ? COMMENT ELLE SAIT QUE C'EST L'AMOUR FOU ENTRE NOUS ?!
AISUKEEE !
Il est tellement content qu'il perd un peu la boule.
ÇA ROULE, MAMAN ! JE VAIS T'ENVOYER NOS SUPER PHOTOS DE RANCARD !
Les deux selfies !
QU'EST-CE QUE J'ENTENDS ? T'ES AMOUREUX ?
NE ME DIS PAS QUE T'AS UNE COPINE ?!
C'ÉTAIT POUR ÇA QUE TU NE PASSAIS PRATIQUE-MENT PLUS DE TEMPS AVEC MOI, EN CE MOMENT ?!
TU T'ES ENFIN TROUVÉ UNE MEUF ?!
MAIS NON, C'EST PAS ÇA !

BORDEL, T'EN AS DE LA CHANCE. VOUS POUVEZ LE FAIRE QUAND VOUS VOULEZ !
T'avais dit qu'un gars de ta famille squattait chez toi !
JE COMPRENDS MIEUX POURQUOI TU NE ME PRÊTES PLUS TON APPART...
BEN...
.....
Tiens ? Mais oui, c'est vrai qu'on pourrait...
Jusqu'à aujourd'hui, j'ai toujours cru que c'était juste un crétin qui ne pensait qu'au sexe...
... mais c'est vrai que c'est difficile de penser à autre chose.
JE T'AI TOUJOURS MAL COMPRIS...
PARDONNE-MOI...
On se fait un karaoké ?
BON, JE NE SAIS PAS OÙ VOUS EN ÊTES, MAIS PROFITES-EN BIEN TANT QUE TU LE PEUX ! LES FILLES CHANGENT VITE D'AVIS...
OUI...
TAP
Je vais passer les deux mois qu'il nous reste à lui faire autant de fellations que je voudrai !

298

Eight, je te présente « Seven », il va vivre avec nous à partir d'aujourd'hui.
Il ne parle pas encore très bien japonais, je compte sur toi pour le lui apprendre !
ENJOY
Tu as deux ans de plus, c'est toi l'aîné.
Traite-le comme ton petit frère, et prends bien soin de lui !

BOYS

AKAMATSU (et) SEVEN
11
les colocs d'enfer

* Approximativement 615€.

... IL Y A DES TYPES QUI ME CONNAISSENT, DANS LE COIN...
... ET J'AI MÊME CROISÉ YAMADA ET B-SUKE.
ET PUIS...
Qu'est-ce que tu fabriques ici, toi ?
HÉ, LE VIEUX AVEC LE CHAT !
OH, TE VOILÀ !

TU TRAVAILLES, AUJOURD'HUI ?
OUI !
MAIS C'EST MON DERNIER SOIR, VU QU'ON COMMENCE LA SEMAINE DE RÉVISIONS LA SEMAINE PROCHAINE !
TU SERAIS PROBABLE-MENT MIEUX CHEZ TES PARENTS POUR ÉTUDIER...
PAS VRAIMENT, NON...
QUAND JE SUIS À LA MAISON, JE SUIS TOUJOURS TENTÉ D'ALLER VOIR MON FRÈRE DANS SA CHAMBRE POUR QU'ON S'AMUSE UN PEU.
FSHHH
ET JE VOIS BIEN À SA TÊTE DE COCHON QUE ÇA L'EMBÊTE !
IL COMPTE ALLER À L'UNIVERSITÉ, LUI...
ÇA DOIT ÊTRE QUELQUE CHOSE, LA TÊTE DE COCHON DU SHÛ...
Passe-moi ton mouchoir !
PAS SPÉ-CIALEMENT, C'EST PAS PIRE QUE MA TÊTE QUAND JE FIXE LES GENS...
JUSTEMENT, ÇA MÉRITE D'ÊTRE CA-CHÉ PAR DES MOSAÏQUES.
EH BEN, TU DOIS AVOIR BEAUCOUP DE CRAN POUR AVOIR AUSSI SOUVENT ENVIE D'EMBRAS-SER UNE TÊTE QUI MÉRITERAIT D'ÊTRE CENSURÉE...
T'ES UN FÉTICHISTE CHELOU, EN FAIT ?

C'EST PAS IMPOSSIBLE...
TU ATTENDS QUE JE T'EMBRASSE ?
OUI.
MOUAH ! MOUAH ! MOUAH !
PFFT !
MOUAH ! MOUAH ! MOUAH !
LAISSE TOMBER, C'EST TROP GÊNANT !
GENRE, ÇA TE GÊNE PLUS QUE DE T'AMUSER AVEC MA QUEUE ?
TU N'AS QU'À T'IMAGINER MON SEXE À LA PLACE DE MES LÈVRES !
NAN, ÇA C'EST PAS POSSIBLE, C'EST PAS RESSEM-BLANT...

* Animalerie Boutique spécialisée en reptiles

C'EST SYMPA DE M'AVOIR INVITÉ À TRAINER AVEC TOI !
C'EST VRAIMENT QUELQUE CHOSE DE VOIR TOUS CES REPTILES D'AUSSI PRÈS !
Faut juste s'habituer à les nourrir avec des petits animaux.
C'est un peu dégueu !
C'EST CLAIR ! ET COMME ILS SONT TOUS TRÈS DIFFÉRENTS, ON NE SE LASSE JAMAIS DE LES REGARDER !
J'AI BIEN AIMÉ LE JAUNE ! IL ÉTAIT GRAVE RAPIDE MALGRÉ SON GROS BIDOU, C'ÉTAIT MARRANT...
LE VARAN DE CUMING ?
OUAIS, LUI !
TOI, AKAMATSU, JE TE VERRAIS BIEN AVEC UN HIBOU PLUTÔT QU'UN REPTILE !
À CAUSE DU PLUMAGE...
AH OUI ?
COMMENT ÇA ?
J'AI UN VARAN DE CUMING CHEZ MOI, ÇA TE DIT DE PASSER LE VOIR ?
HAMACHI DOIT JUSTEMENT VENIR...
AH BON ?
CARRÉMENT, JE SUIS CHAUD !

AH, LE MEC DES TUYAUX ! ÇA FAISAIT LONGTEMPS !!
VOUS ALLEZ BIEN, LES GOSSES ?
TU SAIS QUOI ? ON A VU QUELQU'UN QUI TE CHERCHAIT PARTOUT !
QUAND ? À QUOI IL RESSEMBLAIT ?
IL DOIT Y AVOIR DEUX OU TROIS SEMAINES...
UN MEC TOUT PETIT, AVEC UN JOGGING NOIR...
IL ÉTAIT QUAND MÊME PLUS GRAND QUE NOUS, MAIS BON...
VOUS LUI AVEZ DIT QUELQUE CHOSE ?
NON, DE TOUTE FAÇON ON NE SAVAIT MÊME PAS OÙ TU ÉTAIS !
On ne t'avait plus revu avant aujourd'hui.
JE VOIS...
JE SUIS RENTRÉ !

IL EST ENCORE DE SORTIE ?
JE VAIS LUI PRÉPARER UN BON PETIT PLAT QUI L'AIDERA À RÉVISER LA SEMAINE PROCHAINE !
レジにて2割引
398
VRR- VRRR-
VRR- VRRR-
JE L'AI MIS EN SILENCIEUX MAIS IL N'ARRÊTE PAS DE VIBRER...
Appel
Mamoru Kanzaki
1 Appel manqué
10 Messages
Il fera p'tet moins de bruit si je le coince entre deux blocs de konjac !
C'EST CARRÉMENT DINGUE, EIGHT...

ALORS COMME ÇA, CET ENDROIT EST UNE SORTE DE SE-CONDE RÉSIDENCE ? C'EST SI LUCRATIF QUE ÇA, LES ANIMALERIES ?
HAHA ! NON, PAS TANT QUE ÇA. ET PUIS COMME ON BOSSE EN ÉQUIPE, ON NE GAGNE VRAIMENT PAS GRAND-CHOSE...
TIENS, UN VERRE DE JUS...
MERCI !
ON IMPORTE AUSSI D'AUTRES MARCHANDISES, QUI RAPPORTENT PLUS GROS !
LE PIED... MOI, JE VIS DANS UN APPARTE-MENT TOUT RIQUIQUI !
TU VIS AVEC QUELQU'UN, PAS VRAI ?
OUAIS...
JE SUIS FATIGUÉ...
C'EST SYMPA D'AVOIR QUELQU'UN À SES CÔTÉS, HEIN ?
IL EST GENTIL, ALORS, TON PETIT AMI ?
HEIN ?
TU TE TROMPES, C'EST JUSTE UN POTE...

HAMACHI EST À LA BOURRE...
AH ! IL NE VIENDRA PAS, FINALEMENT...
HEIN ?
AH BON ?! J'AI CRU QUE... EXCUSE-MOI !
J'AI DIT UN TRUC BIZARRE, PARDON !
JE T'AI DÉJÀ DONNÉ MON NOM COMPLET, AKAMATSU ?
NON...
JE ME SENS TOUT BIZARRE...
JE M'APPELLE EIGHT KANZAKI !
SEVEN KANZAKI...
OH, LE MÊME NOM QUE LUI...
AH BON...

QUOI ?
CE TYPE, AVEC QUI TU VIS...
JE M'EN-DORS...
SEVEN KANZAKI...
COMMENT... EST-CE QU'IL...
J'AI DÉJÀ COUCHÉ AVEC LUI !
HEIN... ?
......

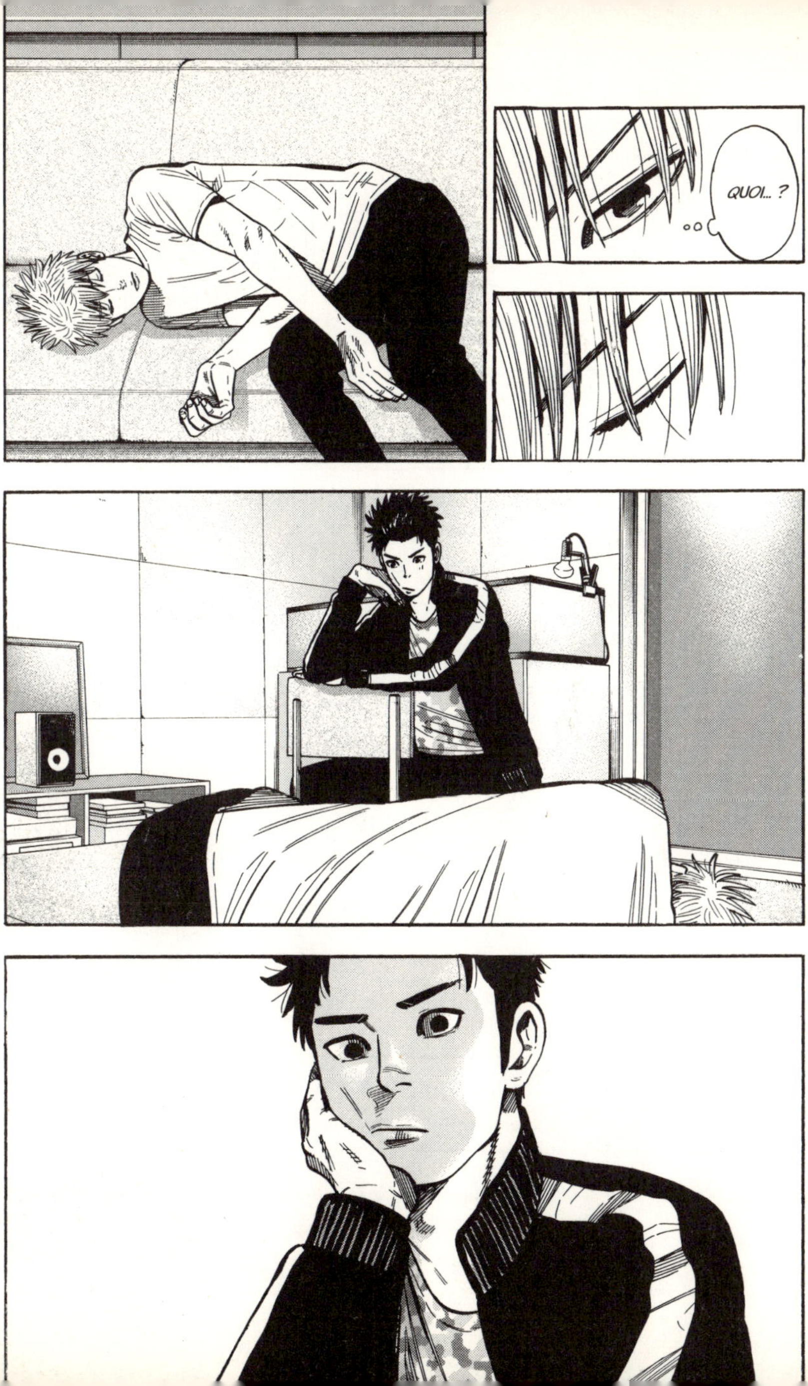
QUOI... ?

21:44
Samedi 24/06
IL EN MET DU TEMPS... D'HABITUDE IL RENTRE PLUS TÔT !
ET QUAND IL RENTRE TARD DE CHEZ SES PARENTS, IL ME PRÉVIENT SANS FAUTE !
AH, JE VAIS RENTRER LA LESSIVE...
CLAC
CLAC
WOOOSH
AH !!
AAH !!
LES ANGUILLES-JARDINIÈRES !!
WOOOOH !!
GRAB

ギャウ ギャウ
ギャウ ギャウ
GRRR
GRRR
GRRR
STOP, POCHI ! ON NE VOLE PAS LES SOUS-VÊTEMENTS DES GENS !!
VRRRR...
VRRRR...
VRRRR...
WHAT'S UP LINE
8
ÇA NE PRÉSAGE RIEN DE BON, ÇA...

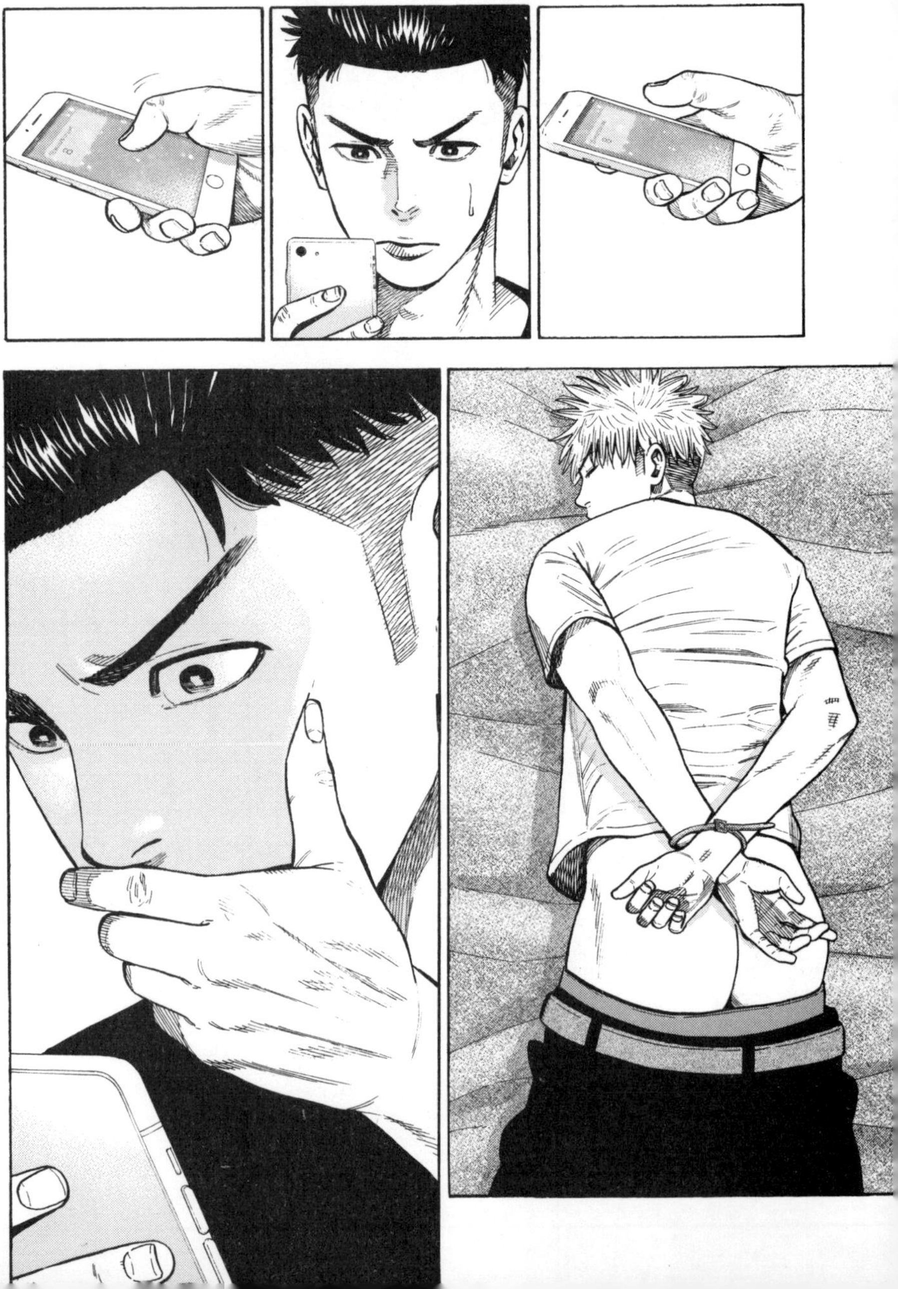

AH, IL A ENFIN REGARDÉ SES MESSAGES !
APRÈS M'AVOIR COMPLÈTEMENT IGNORÉ PENDANT DEUX MOIS...
LÀ, IL A SUFFI D'UNE PHOTO POUR QU'IL ME RÉPONDE ILLICO !
IL DOIT DRÔLEMENT T'AIMER, MON PETIT AKAMATSU...
C'EST IMPORTANT, D'ÊTRE AIMÉ !
GRAB
TIENS ?

ILS N'ONT VRAIMENT JAMAIS RIEN FAIT, ALORS ?
CET ENFOIRÉ !

GSHH
AH...
......
TU ES RÉVEILLÉ, AKAMATSU ?
....?
TU SAIS CE QUE C'EST, UN GIGOLO, AKAMATSU ? C'EST UN TYPE QUI SE FAIT PAYER POUR SUCER D'AUTRES GARS OU POUR SE LAISSER SUCER...
... POUR PRENDRE OU POUR SE FAIRE PRENDRE. C'EST SON TRAVAIL !

?
HEIN ? JE SUIS OÙ... ?
C'EST DE LA PROS-TITUTION, QUOI !
DANS LE GAZ
C'EST CE QU'ON NOUS FORCE À FAIRE DEPUIS QU'ON EST PETITS, SEVEN ET MOI !
QU'EST-CE... QU'IL RACONTE ?
AUTREMENT DIT...
GSHH
AAH !
... ON NOUS FAISAIT DES TRUCS DU GENRE !
QU'EST-CE QUE... TU...
JE N'AI ENCORE RENTRÉ QUE LE BOUT DE MON PETIT JOUJOU, IL VA FALLOIR TENIR BON !
HEIN ? QUOI... ?
ÇA FAIT... MAL...
J'AI SOMMEIL...

J'AVAIS PENSÉ TOUT FILMER, MAIS JE VIENS JUSTE DE CHANGER DE TÉLÉPHONE ET J'AI PAS ENVIE DE LAISSER TRAINER DES VIDÉOS COM-PROMETTANTES DEDANS !
DU COUP, ARRANGE-TOI POUR TOUT BIEN GRAVER DANS TA MÉMOIRE...
C'EST PAS GRAVE SI ÇA FAIT UN PEU MAL, D'ACCORD ?
QUAND C'EST POUR LE BOULOT, IL N'HÉSITE JAMAIS À SE TAPER TOUT CE QU'IL FAUT, VIEUX DÉBRIS OU VIEILLES PEAUX ! POURTANT...
AH...
MERDE, JE VAIS ME FAIRE VIOLER...
GRAB
JE VAIS ME FAIRE VIOLER...
NON...
NON !
JE VEUX PAS...
NON !
TIENS ?
BEN ALORS... ?
.....

AKAMATSU !!

ガッ
GRAB
ズン
CRR
SBAM

ズルッ
FRSH
GH...
......
JE VAIS TE CREVER !
ET JE VAIS AUSSI...
... TUER TA COPINE !
JE N'AI... RIEN FAIT...
HAN...
HAN...
ARGH !
KHOF ! KHOF !

QU'EST-CE QUE TU LUI AS FAIT INGURGITER ?
UN SIMPLE SOMNIFÈRE...
ÇA FAIT AU MOINS DEUX OU TROIS SEMAINES QUE TU NOUS TOURNES AUTOUR, HEIN ? ESPÈCE D'ORDURE...
T'AVAIS L'AIR SI HEUREUX QUE JE N'AI PAS PU VENIR T'ABORDER...
AKAMATSU EST UNE DE TES CIBLES ?
MAIS NON, JE L'AI JUSTE RENCONTRÉ PAR HASARD DEVANT UNE SUPÉRETTE...
EN TOUT CAS, J'AI ÉTÉ SURPRIS QUE TU T'ÉPRENNES D'UN LYCÉEN !
TE CONNAISSANT, JE M'ATTENDAIS PLUTÔT À CE QUE TU TE TROUVES UNE BELLE FEMME D'ÂGE MÛR POUR VIVRE À SES CROCHETS !
KANZAKI... ?
NE T'APPROCHE PLUS JAMAIS DE NOUS !
DÉSOLÉ MAIS ÇA NE VA PAS ÊTRE POSSIBLE...

TAKANAMI A LAISSÉ TOMBER TAKASU POUR PRENDRE SON INDÉPENDANCE...
... ET IL TE VEUT !
LE BOULOT EST EXACTEMENT LE MÊME. DE LA VENTE EN GROS ET DE LA DOPE...
CE SERA SANS MOI !
JE NE TRAVAILLERAI PLUS NI AVEC TAKASU NI AVEC TAKANAMI, ET JE NE VEUX PLUS RIEN AVOIR À FAIRE AVEC EUX !
ET AVEC TOI NON PLUS !
LAISSE-MOI TRANQUILLE. DANS DEUX MOIS, VOTRE PETITE CRISE FINANCIÈRE DEVRAIT ÊTRE PASSÉE !
T'ES MARRANT, TOI, DE DIRE ÇA, APRÈS T'ÊTRE ÉVANOUI DANS LA NATURE ! T'IMAGINES MÊME PAS COMME TAKASU EST DANS LA MOUISE !
PEUT-ÊTRE, MAIS S'IL N'EST PAS CAPABLE DE GÉRER SES AFFAIRES SANS MOI, EH BIEN QU'IL LAISSE TOMBER TOUT DE SUITE !
.....
TU OUBLIES QUE TU DEVRAIS ÊTRE PLUS RECONNAISSANT QUE ÇA !
SANS TAKANAMI, ON AURAIT PU TOMBER BEAUCOUP PLUS BAS !

TU N'IRAS JAMAIS NULLE PART, EN TENANT CE GENRE DE PROPOS...
JE LE RAMÈNE À LA MAISON !
NE T'AVISE PLUS DE NOUS CONTACTER !
SI TU NE VIENS PAS CHEZ TAKANAMI...
... TU DEVRAS...
... SURVEILLER AKAMATSU EN PERMANENCE !!

UN DÉLINQUANT ET UN ÉLÈVE MODÈLE PRÊT À ENTRER DANS UNE PRESTIGIEUSE UNIVERSITÉ... DEUX JUMEAUX, VENDUS EN LOT !
ÇA NOUS RAPPORTERAIT UN SACRÉ PAQUET DE FRIC !
QUOI ?
TU SAIS QUE J'AI LE BRAS LONG...

ESSAYE ENCORE UNE FOIS…
… DE T'EN PRENDRE À LUI OU À N'IMPORTE QUEL MEMBRE DE SA FAMILLE !
JE COMMENCERAI…
… PAR VIOLER…
… TA PRÉCIEUSE…
… PETITE MOTA !
JE LUI COUPERAI LES MAINS ET LES PIEDS…
… JE TE LES ENVERRAI DANS UN JOLI PAQUET CADEAU…
… ET ENSUITE, JE TE BRÛLERAI VIF !

TU SAIS QUE J'EN SUIS TOUT À FAIT CAPABLE !!
EST-CE QUE ÇA VA, AKAMATSU ?
UN MEC CAPABLE DE DIRE DES ATROCITÉS PAREILLES N'A RIEN À FAIRE AVEC UN GARS COMME LUI !
VOUS NE VIVEZ PAS DANS LE MÊME MONDE !
TU NE POURRAS JAMAIS VIVRE COMME AKAMATSU !

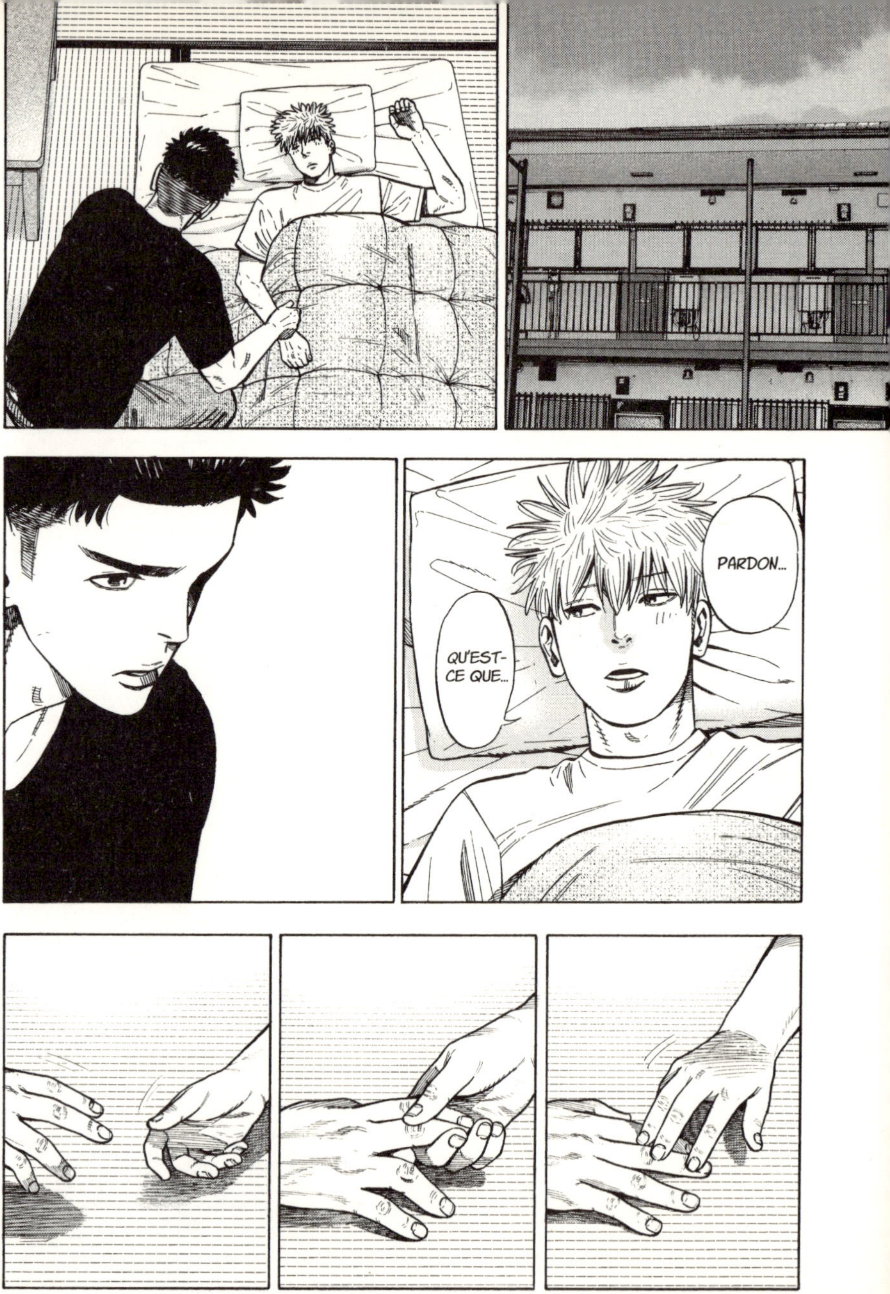
PARDON...
QU'EST-CE QUE...

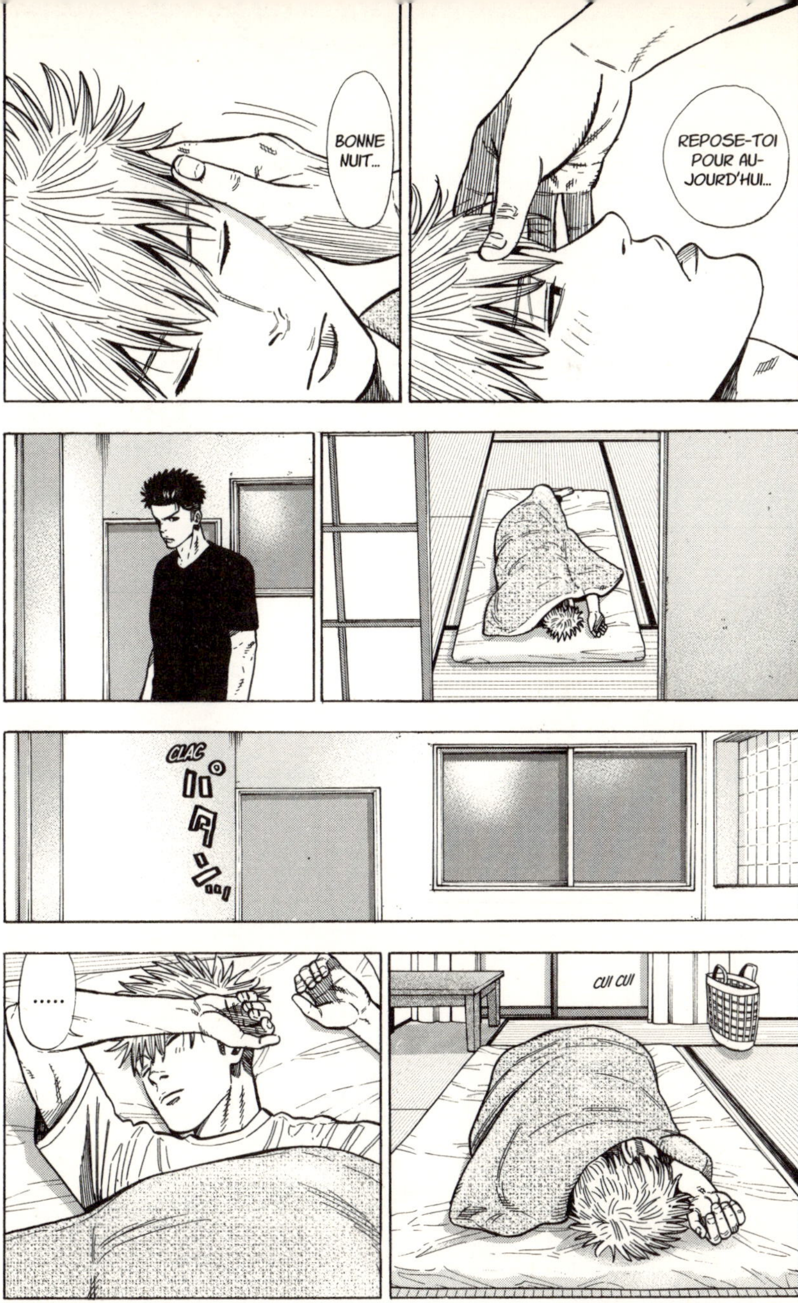
REPOSE-TOI POUR AU-JOURD'HUI...
BONNE NUIT...
CLAC
パタン
CUI CUI
......

MNNNGH
うヴ〜んっ
CHAPITRE 11 / FIN

AKAMATSU ET SEVEN, LES FANAS DE POISSONS

Akamatsu (et) Seven 2

Les colocs d'enfer !

Hana COLLECTION

www.boys-loves.fr

Responsable Editorial & Production : Tony
Traduit du japonais par Aline Kukor
Maquette : Justine Mouron
Relecture : Aurélie Valognes

Dépot légal : Janvier 2021

ISBN 978-2-36877-756-5

Imprimé par GZ Digital Media as